光文社文庫

酔(ゑ)ひもせず

其角と一蝶

田牧大和

光　文　社

酔ひもせず　其角と一蝶　目次

手に入れた。

女は、微笑(ほほえ)んだ。

幸せそうだったあの娘(こ)の、幸せの証。

これは私に、何をもたらしてくれるのだろうか。

そう考えると、今夜はこの煙草も妙に美味(おい)しい。

相変わらず喉の奥に苦みが残るし、匂いもおかしな煙草だけれど。

身体(からだ)も心も、いつもより軽く感じる。胸は少しも痛まない。

「なんだか、すっとした気分」

ひとり上機嫌で呟(つぶや)き、自分のものになった屏風(びょうぶ)を眺める。

ちょっと見は可愛い子犬の画(え)だが、なんだかじっと見つめられているような気がして、
あまり気持ちのいいものではない。

真っ直ぐに目を合わせているからかと、横へ動いて斜めから見てみるが、子犬は相変わらず、こちらを見ている。

まるで、目で追うよう。

ぶるぶる、と首を振り、思い直す。

どこぞの寺の天井にいる有難い龍だって、どう動こうがこっちを睨(にら)みつけてるって話じゃない。

その思いつきに安堵(あんど)した時、部屋の外で女を呼ぶ声があった。待ちかねていた声だ。

屏風に背を向け、声のする襖(ふすま)の向こう、廊下の方へ向かい掛け、女は振り返った。

「おや」

改めて、あどけない子犬を見遣(みや)る。

今、少し、動いたような。

「まさかね」

軽い笑いと共に断じ、女は踵(きびす)を返し、部屋を出た。

事の始め　其角ひとり語り

私は、一門の中でいつも浮いていた。

松尾芭蕉随一の弟子、一門の要として弟子達を纏め、句集を編む。

二十代半ばで「江戸の若き俳諧師」ともてはやされ、あちらこちらで句会に呼ばれ、後見や評を頼まれるようになり、我が身ひとつならば、俳諧にまつわる実入りだけで、どうにか食える程になった。

けれど、大仕事から雑事までをどれ程こなしても、自分の句を讃えられ、編んだ句集の出来が評判となっても、他の弟子と隔たっている心地は、消えなかった。

『其角の句は、華美なこと、この上ないな』

『其角殿の句は、わたくしのような未熟者には、難しゅうて』

褒め言葉の裏に隠された意味は、みな同じ。

「一流には違いない。だが、一門の句らしくない」だ。

師匠を頂とした蕉門の句は、四季折々の景色を、飾り気のない言葉を使って浮き上がらせることに心を砕き、重きを置くものだ。

けれど私が詠みたいものは、少し違っていた。

もっと、生々しい、色鮮やかなもの。

人の心の細やかな襞、生き生きとした暮らしぶり。それは、身分の貴賤や、懐具合には関わりがない。

金持ちには金持ち、長屋暮らしには長屋暮らし、それぞれの面白い生き様、心の機微がある。

そういったものを、写し取りたい。

また、読んだ者の頭をぐるぐるとかき回すような、謎かけめいた句を捻るのも、堪らなく愉しい。

そんな私の句は、蕉門の気風から外れていた。弟子としてまず私の名を挙げて下さるお師匠様でさえ、褒めて下さった次の日に、「やはり、良くない」と手を入れられることもあるのだ。

「蕉門一」と持ち上げられながら、私は、一門の中に本当の居場所を見つけられずにいた。

その私を一番の友と呼んだ男、私も無二の友と感じ、江戸一の粋人と憧れた男がいた。

多賀朝湖という絵師だ。私は、俳号の「暁雲」で呼ばせてもらっている。歳は私の九つ上。色白の大男で、円らな目は、常に悪戯を企んでいる少年のような、瑞々しい輝きを放っている。

私と暁雲の出逢いは、ごくありふれたものだった。

暁雲が、ある日ふらりとお師匠様の深川の庵に現れ、俳諧の教えを乞うたのだ。非礼に眉を顰める門人もいた。だが、お師匠様は暁雲の人となりを好ましく思われたようで、すぐに蕉門の客分として迎え入れた。

私はその折にお師匠様の弟子として引き合わされた。ただ、それだけのことだ。

けれど私は、その男の放つ眩い光に、ひと目で引き寄せられてしまった。

性分は豪放磊落、頭ではなく心で思案し、理屈ではなく情で動く。

良く呑み、良く食らい、良く笑い、良く泣く。その癖、涙した次の刹那、けろりとして眼を瞠るような句を捻ったりする。面白い男である。

くるくると心の有りようが変わり、それを隠そうとしない暁雲だが、怒ったところだけは、見たことがない。

暁雲はお師匠様に出入りを許されて以来、一門の集まりや庵に時折顔を出し、蕉門の句を嗜む——それ程の言いようが、近いだろう。学ぶ、という程深入りするつもりはないように見える——ようになった。そしてそのたびに、暁雲はお師匠様を始め、一門の心を容易くほぐし、陽気に笑わせた。「人の心を明るく、軽くさせる」才覚はどこから来るのか。それは暫くして、知れた。

暁雲は、「狂雲堂」の名で知られる幇間——太鼓持ちで、吉原では知らぬ者がないほどの腕利きだったのだ。

透き通った画のような句を詠み、蕉門の句の香りがする画を描き、吉原では幇間の技で、客に気分よく金を使わせ、遊女の憂さを笑いで晴らす。

何にも縛られることなく好き勝手をし、どこへ行ってもひとかどの技で人を惹きつけ、どんな気難し屋にもその性分で好かれる。

一門で窮屈な思いをし、上辺だけ周りに合わせながら、肝心の句は自分の思う通りにしか詠めない。ちぐはぐな私が「こうありたい」と願い続けた、その姿が目の前にあるようだった。

暁雲も私を気に入ってくれたらしく、息の詰まるような一門の中から、よく誘い出してくれた。

写生や物見遊山、料理茶屋に舟遊び。そして、吉原。

たまさか、私が「狂雷堂」という号を持っていたことを、暁雲は酷く面白がり、幇間

「狂雲堂」として吉原に出向く時、折に触れて私を連れて行き、「狂雷堂」と名乗らせた。

一方で、年下の私に、あの人は「暁雲殿」「暁雲さん」と呼ばせてはくれなかった。

『俺は、其角を友と思っている。殿だのさんだのと呼ばれては、切ないじゃないか』

だから私は、あの人を「暁雲」と呼ぶたびに、憧れの人に対するほんの少しの気後れと、友として扱ってくれる嬉しさを嚙みしめた。

私は、暁雲に憧れた。

暁雲の真似をすることで、少しでも近づこうとした。

暁雲のように、吞み、食らい、豪放磊落と呼ばれる風に振る舞った。暁雲が連れ回してくれるおかげで、「酒を愛し、吉原に遊び、酔いのままに句を詠む」などと評されるようにもなった。

いざ、暁雲の近くにあって真似をしてみて、分かったことが二つ、あった。

ひとつめ。これは、暁雲が教えてくれたのだが、「酔って」いれば、大目に見てもらえることがある。

言葉が足りないのか選び方が悪いのか、私は普段、俳諧とは関わりのない遣り取りで、人の癇に障ってしまうらしい。そんなつもりはないのだが、幾度も相手を怒らせ、そのたびに親しい人から窘められるのだから、きっとそうなのだろう。

その、私の拙(まず)い言葉の選びようも、酔っていると、十のうち八はむしろ笑いの種になってくれるのだ。

そして、二つめ。

暁雲は、「昏(くら)がり」を持っている。

それは、あの人が描く画だ。

多賀朝湖の画風自体は、明るく柔らかで、朗らかなものが多い。ただ、色合いはそのまま、画が妖しい気配を纏うことがある。

あれは、暁雲が私の庵を訪ねた夜のことだった。

酒を酌み交わし、興に任せて、墨と朱、二色だけで描き上げた『不動明王(ふどうみょうおう)』の画。

そこに描かれた朱の光背(こうはい)――火焔光(かえんこう)が、「揺らいだ」ように見えた。

気のせい、見間違い、風が紙を揺らしたか、揺れた灯(あか)りが画に映ったか。

いつもの私なら、そう思うはずだった。

なのに、その時は『不動明王』の火焔光から、目が離せなくなった。

まさか――。

埒(らち)もない考えを笑って打ち消そうとした刹那、暁雲が訊(き)いた。

『何だ。画の中の炎でも動いたか』

私は、ぎょっとした。

なぜ、分かったのだろう。

訊き返す前に、暁雲は笑った。

昏い目をして。

『驚くことはない。俺の画は、動くんだ』

あの人は、そう言った。冗談とも、本気ともとれない物言いで。

底が知れない。吸い込まれたら二度と戻れない。濃い闇が、暁雲の目の中には確かに息づいていた。

不動明王が屏風を抜け出して散歩をしたり、襖の鬼が酒を片手に歌い踊ったり、衝立の猫が主の陰口を呟いたり。そんな、人が気づかぬところで蠢く輩の、生き生きとした息遣いが聞こえるような、明るい昏がり。

件の『不動明王』の画は、少し迷ったが、私が貰い受けた。

もう一度、動くところを見たかったのだ。

その願いは未だ叶っていないが、私が眠った後に、不動明王が庵の中を歩き回っているような気がしてならない。

暁雲の画には、そして暁雲自身にも、そんな得体の知れないところがある。

側(そば)にいる程、暁雲を真似る程、その思いは濃くなっていった。

現に、妙な匂いのする騒動が、暁雲の周りでよく起こった。

あれは、暁雲四十、私が三十一の年、暁雲の周りで起きた中でも、取り分け奇怪(きっかい)な騒動だった。

一章　動く屏風と紅い花

茅場町は江戸橋の南東、薬師堂そば、宝井其角が住まう庵は、花海棠が見頃を迎えていた。

唐から渡来した薄紅の花で、桜よりも少し遅れて、桜より濃い色の花を咲かせる。日暮れ時、橙色の陽を浴びて、六分ほど咲き揃った花が昼間とは違った風情の紅を纏っている。

其角は、八重の桜によく似たこの華やかな花木が好きだった。

お師匠様や他の弟子達は、儚げな桜を好むのだろうが。

自らを嘲るように考えた時、茅の屋根を頂いた表の木戸が、きぃ、と軋んだ。

客人か。

迎えに出るまでもなく、木戸から庭へ姿を現したのは、色白で愛嬌のある目をした大男だ。大きな通い徳利を提げている。

「よう。随分しょぼくれてるじゃあないか、其角」

「暁雲」

片肘を突いて広縁に寝そべっていた其角は、友の名を呼んで身体を起こした。

暁雲が、悪戯な眼をして訊いてくる。

「酔った振りは、せんでいいのか」

「自分の塒でまで、面倒な真似はしない」

――松尾芭蕉の一番弟子は、昼であろうと夜であろうと、雨でも晴れでも、酔っておらぬ時はない。あれで、曲者揃いの一門を纏めているのだから、大したものだ。

其角がそんな風に語られるようになって、すでに久しい。

――酔ったままで凄い句を詠むそうだぞ。その才ゆえに一門が纏まっているのだろう。

そうも言われているが、実のところ其角は酔ってなぞいない。どれほど呑んでも、「酔う」という心地が分からないのだ。

其角が酔った振りをするのは、本心、本性を隠すため、不用意な物言いで敵を作らないため。そして、悪戯好き、奇妙なこと好きの暁雲を喜ばせる「面白き話」を仕入れるためだ。「酔い」は人の心も口も軽くさせる。それが自分でなく、目の前の相手の「酔い」でも。

「なら、今日は止めておくか」

　暁雲が、二升の通い徳利を顔の高さまでひょいと上げ、軽く揺らして見せた。

「お、小西の酒」

　其角は、徳利の字を見て、身を乗り出した。

「富士見酒、『白雪』よ」

　小西の『白雪』。上方、伊丹から富士を横目に運ばれてくる清酒である。琥珀色でとろりと濃く、甘い癖に舌に辛さと酸味の残る込み入った味、木の実に似た香りのする、其角気に入りの酒だ。

「止めない。暁雲となら面倒な酔い真似なしで、思い切り呑める」

　何より、暁雲は其角の言葉の選びようを気にしない。其角の本心を分かってくれているのか、ただ、細かいことを気にしないだけなのかは、分からない。けれど其角としては、怒らせる心配なしに喋ることができるので、それもまた有難く、楽しかった。

　暁雲が、嬉しそうに頷く。

「そうこなくちゃあな」

　この男、其角と同じく、酔うことを知らないうわばみなのだ。

　広縁に酒と肴を並べ、早速呑み始める。程よく温んだ春の夜風が、頬に心地いい。

肴は、近くの女房から貰った煮豆と、軽く焙った硬めの豆腐に蕗薹味噌を塗った田楽だ。

普段、肴はほんの口直し、酒に飽いた時につまむ程で済む。

だが、この季節の蕗薹味噌は別物だ。口に広がる青い匂いとほろ苦さが、春を感じさせる。

「また、蕗薹味噌か」と、からかう暁雲もこの味噌が好物なのだ。

其角の庵で二人酌み交わす時は、興が乗れば句の詠み合いになるし、暁雲の画の話に花が咲く時もあれば、其角が仕入れた「面白き話」に夢中になることもある。

この夜は、「面白き話」の出番だった。

「暁雲。確か吉原の置屋、『大黒屋』に、出入りしてたよな。『屏風の犬が動く』怪異の噂は、聞いているか」

切り出した其角に、くい、と盃を空けて暁雲は応じた。白い肌のどこにも、酒の赤みは見当たらない。

「暁雲は吉原なぞ知らぬよ。『狂雲堂』なら、幾度も顔を出しているが」

時折、この男は意地の悪いことを言う。

自分が楽しんで呑んでいる時に、人に呑ませる生業の話をするな、というのではない。

それぞれの名に、こだわりがある訳でもない。

ただ、其角の揚げ足を取って愉しんでいる。言葉遊びのようなものだ。

『屏風の犬が動く』という話に、暁雲は思ったほど惹かれなかったらしい。其角は口を尖らせた。

「呼び直した方がいいか」

暁雲は黙したまま、庭で揺れている花海棠へ視線をやっている。

夜の闇に包まれている庭で、花海棠は、月明かりや星明かり、うすぼんやりと漏れる部屋の灯り、微(かす)かな光を糧(かて)にして闇に浮かび上がっていた。花弁(はなびら)の先はひたすら白く、花の芯や蕾(つぼみ)は鮮やかな紅色をしている。

光ではなく、むしろ闇を喰ろうて咲いているような。

「それで、『大黒屋』の屏風がどうしたって」

不意に訊かれ、其角は花から暁雲へ向き直った。友が、からかうように笑(え)む。

「憑(つ)かれたような顔をしておるぞ。花に喰われかけたか」

「縁起でもないことを、言わないでくれ」

其角はぞっとして、思わず文句を言ってから、慌てて笑ってみせた。軽口で怖気(おぞけ)を誤魔化(ごまか)す。

「夜中、厠へ行けなくなる」

晩雲が、豪快な笑い声を立てた。

「豪放磊落、芭蕉翁の一番弟子が怪談話で寝小便とは、いい笑い話だ」

「寝小便の話は、してない」

むすっと言い返して、其角は話を戻した。

「昼間、後見をした句会で小耳に挟んだんだが、『大黒屋』の花房太夫が、『動く犬の屏風』を持っているそうだ。顔見知りか」

「幇間が吉原の太夫を知らんのでは、話にならんぞ。もっとも、宴には未だ呼ばれたことがないがな」

『大黒屋』は大門裡、江戸町一丁目にある置屋――遊女を置いている見世だ。太夫と呼ばれる、格の高い遊女を抱える数少ない置屋で、名高い高尾を始め、小紫、薄雲といった名太夫の揃う京町『三浦屋』に次いで格式があるとされ、大層繁盛している。その『大黒屋』の誇る太夫、二人のうちのひとりが、花房だ。

其角は、軽く鼻を鳴らして不平を言った。

「『狂雲堂』を宴に呼ばないとはな。太夫の格も落ちたものだ」

晩雲が微苦笑混じりで、

「『屏風の犬』が、動くとは、どう動くんだ。屏風ごと、ごとごとと歩き回るのか」

と、訊いた。

其角は傍らの友に少し顔を近づけ、掬い上げるように見遣った。

友の円らな目が、なお丸く見開かれる。

聞く者はいないのに、ひとりでに声が低く、小さくなった。

「人が寝静まるのを待って、屏風から抜け出すらしい」

暁雲が好みそうな話になるのは、ここから先だ。なのに悪戯好きで人の悪い友は、其角の話の腰を、ひょいと折ってくる。

「お前さんの庵にも、あるだろうが」と、暁雲は部屋の中へ目を向けた。

居間と客間を兼ねている八畳間の先、開けた襖から見える寝間右奥の床の間に、掛け軸が掛けてある。

多賀朝湖の『不動明王』。興の乗るまま筆を走らせたという風情の、荒さが目立つ、墨と朱、二色の画だ。筆の勢いと肩の力が抜けた気楽さが気に入って、其角は経師屋で掛け軸に仕立ててもらい、寝間に飾った。

暁雲が、喉の奥で笑った。

「其角も、物好きだ。描き上げた時は、火焔光が『動いた』と大騒ぎをした癖に。わざわざ枕元に飾るとは、な」

「当の物好きに、言われたくない」

暁雲は、「はは、確かに」と軽く笑ってから、訊いた。

「あれから、お不動様は動いたか」

こういう時の友の言いようは、軽口なのか本気なのか、読めないのだ。だから敢(あ)えて、其角は軽く答えた。

「動かない。私が起きている時は」

「動け、動けと待ち構えているうちは、動かんよ」

其角は、『不動明王』を眺めている暁雲の横顔を、見つめた。

掛け軸の中の不動明王さえ動かす、この世のものではない「昏がり」を、今、友は確かに、纏っている。

ゆっくりと、暁雲が面(おもて)を其角へ戻した。

夜の闇よりも一段深い闇を孕(はら)んだ瞳に、すうっと悪戯な光が戻る。友がこの世へ、戻ってきた。

その様(さま)を息を詰めて見つめていたことに気づき、こっそり身体の力を抜く。暁雲が明るく笑った。

「描いた奴の性分が移ってるからな。俺は大層なへそ曲がりだ」

やはり、普段通りの暁雲だ。

はは、と、其角は声を上げて笑った。「昏がり」の名残を吹き飛ばすように。

琥珀色の酒を胃の腑に収め、違いない、と応じる。今度は、自分から話を戻した。

「『動く屛風の犬』を目にした遊女が、消えるんだそうだ」

友の、盃を呷ろうとした手が止まった。ようやく暁雲好みの話の段まで、辿り着いた。

「神隠し、か」

呟いた声に、ほんの少し力が入っている。其角はちょっとからかってみることにした。

「その犬の屛風、暁雲が描いたのか」

「さあ。覚えておらんが、酔った弾みに描いて忘れた、ということもある」

「うわばみが言う台詞じゃない」

ふいに、真摯な眼差しになって暁雲が訊いた。

「それで、消えた遊女は幾人だ」

「三人」

「無事でおれば、いいが」

其角は、遅まきながら思い当たった。

『動く屏風の犬』と、消えた遊女。どんな繋がりがあるのか。怪異か、誰かの悪戯か。そんな面白さよりもまず、遊女に気遣いが行くだろう。狂雲堂なら。

つれない男に涙する遊女、故郷を恋しがる新造、そんな廓の女達の憂さに、置屋や揚屋の者より先に気づいては、温かな笑いで気持ちを浮き立たせる。其角は、そういう狂雲堂を、幾度となく見ている。

「悪かった」

野暮の考えなしを、其角は詫びた。少し呆れた風で暁雲は笑った。

「妙な奴だな。なぜ、お前さんが詫びる」

「そ、それは、その」

「読売や吉原で知るより先に聞かせてもらって、よかったよ。確かに、面白い話だ。首を突っ込んでみたくなる」

暁雲は歯を見せて笑ってから、庭の花海棠へ目を遣り、話を変えた。

「今夜は、やけに花の赤みが濃く見えやしないか」

「そうかな」

暁雲と同じように、庭の花へ目を向けながら、徳利へ手を伸ばす。中の酒は、随分と軽くなっていた。

「知っているか」

暁雲が、問う。

「何を」

其角が訊いた。

「紅い花の色が濃くなる時は、その下に骸が埋まっているのだそうだ」

其角は、友と花海棠を見比べた。

不思議な目の色で、暁雲は其角を見返し、謳うように告げた。

「埋められた骸の血を吸って、花びらが紅くなる」

心地よかったはずの春の夜風が、妙に生温かく感じられた。

唇が、瞬く間に乾いていく。

其角は、急いで酒で口を湿らせ、確かめた。

「その話、どこで聞いた」

すると、暁雲はいつもの悪戯な眼になって答えた。

「今、俺が捏造った」

其角は言葉を失った。すぐに我に返って喚く。

「人が悪いぞ」

友が朗らかに笑う。

そろりと、其角は花海棠を盗み見た。言われてみれば、少し紅いような――。

「いよいよ、今宵は厠へ行けぬようになったか」

友のからかいに、其角は言い返した。

「だったら、泊まって確かめてみろ。私じゃなく、暁雲がそうなったら、吉原で使える笑い話になる」

そうだな、と受けながら、暁雲が酒を呷った。

「お前さんも、その様子を見に来るか」

暁雲はにっと笑った。

「明後日、『大黒屋』の太夫の宴に呼ばれている」

二章　太夫二人

其角は暁雲と連れ立って、吉原の大門を潜った。面番所と呼ばれる、町奉行所役人の詰所の前にいた同心に、「これは、岸の旦那」と暁雲が頭を下げたので、其角もそれに倣った。律儀に、ああ、と受けた同心は、生真面目そうな男で、吉原にはいかにも不似合いだ。

　その向かい、吉原会所とは、面番所よりも気易い挨拶を交わし、二人並んで仲之町の待合辻を進む。もう暫くして若い衆が鈴を鳴らせば暮れ六つ、朱の格子の前に遊女達が並び、夜見世の始まりだ。

　二人が向かっているのは、『大黒屋』のある江戸町一丁目から道を一本奥へ入った揚屋町の揚屋『立花屋』である。

　揚屋とは、客が格の高い遊女と遊ぶための料理屋で、客は揚屋から遊女を名指しし、宴を開いて女を迎える。

　腕利きの幇間、狂雲堂を呼んだのは『立花屋』や遊女ではなく客の方で、「狂雲堂さんに是非」と四日も前に頼んできたのだ。

何でも、『大黒屋』の紅葉太夫を初めて揚屋に呼ぶとかで、張り切っているらしい。大層な力の入れようは、吉原の粋な遊び方から少しばかりずれているが、微笑ましいと言えなくもない。かえって、そういう純なやりようが海千山千の太夫の心をほぐす、ということもある。

「同じ置屋の花房太夫といがみ合ってると噂の、紅葉太夫か」

其角が訊き返すと、暁雲は幇間の顔で、顰め面をして見せた。

「信の置ける吉原雀から聞いた話ならともかく、そういう噂を軽々しく鵜呑みにはすまいよ、狂雷堂。女子の心の有りよう、女子同士の情や義は、傍から見ただけでは分からないものだからな」

確かに、そうだ。其角が神妙に頷いたところで、暁雲が追い打ちをかけてきた。

「それから、間違っても太夫当人の前で、『いがみ合っている』とは、言ってくれるなよ」

「分かってる」

むっつりと言い返した其角に、暁雲は低く笑った。

鈴の音と共に、女達が格子の前に並び出すと、大門裡は一気に、華やかな色と匂いに満たされた。格子から女の白い指が、暁雲と其角へ煙管を差し出してくる。「お前さんに気があるという、合図だ。

遊女見習い、新造の掻き鳴らす三味線が小さく細く、聞こえている。『清掻』という吉原ならではの節は、軽やかで平易な分、微かな哀しみを帯びて響く。

それは、籠の鳥の女達の心なのか、恋しい女を格子の向こうに持ってしまった男の胸裡なのか。悲哀を胸の奥に押し込めて、恋の駆け引きを楽しむように、女達は艶めいた仕草で煙管を渡そうとする。

「幇間をおからかいになっちゃぁ、いけませんよ、吉野さん、若松さん」

するりと暁雲が躱すと――友は吉原の遊女すべての名を覚えているに違いない――、女は涼しい顔で「つれないこと」と言い返した。

「吉原お抱えの幇間さんならともかく、お二人は外の御方。馴染になっていただけぬ訳は、無うござんすえ」

「狂雲堂さんも、狂雷堂さんも、わっちらとの遊び方を、裏の裏まで、心得ておいででござんしょうに」

言葉遊びに似た遣り取りは、其角も不得手ではない。だが、暁雲と吉原にいる時は友に任せることにしていた。

女達の煙管を丁寧に避けながら、暁雲はにっこりと笑ってやり返した。

「裏の裏まで知り尽くした、粋な遊びをお望みなら、客より幇間で呼んでおくんなさいまし。身も世もなくあっしらに惚れなすったってんなら、話は別でございますが」

女達が、きゃらきゃらと艶めいた笑い声を立てた。

「そうそう、それでござんす」

「ええ、『身も世もなく』」

涼しい顔で嘯く女達に、暁雲もまた爽やかな笑みでやり返す。

「通りがかったお大尽を誘う時の眼をしておいでのように、お見受けしますが」

おや、すっかりお見通しだ。そんな風に顔を見合わせ、女達は今度は邪気のない色合いに笑み崩れた。

女との遣り取りを愉しみながら格子の前を通り過ぎれば、次々と、様々な細工、色合いの煙管が差し出される。

まるで花の枝のようだ。

其角は思った。

哀しさをひとつまみ混ぜた、粋な恋の駆け引き。

『源氏物語』の一節のように、花の枝に文を添えて恋の相手に使いを出す。文に綴った短歌よりもむしろ、花枝に真実を込めて。

洒落た遣り取りよりも、煙管を差し出す白い指に、遊女達は自分の心の裡を乗せて。

〈文はあとに桜さしだす使いかな〉

散った桜花の名残を込めて其角がほろりと口にすると、暁雲が句の言葉を変え、混ぜ返した。

〈文に代わり煙管さしだす遊女かな〉

其角は、口を尖らせた。

「それは、見たままだ」

「見たまま、捻りのない句は気に入らぬか」

と、暁雲が笑った。笑い含みで更に茶化してくる。

「さすがは、蕉門きっての変わり種、其角殿だ。吉原の女に、源氏の雅を重ねなさる」

「変わり種。私は、お師匠様が一番に名を挙げて下さる弟子だぞ」

言い返しておいて、其角は苦笑いで暁雲に応じた。

「確かに、他の門人は、遊女の色恋なぞ詠まないな」

諦めの悪い遊女の煙管を、

「まずは、宴に『狂雲堂』をお呼び下さいまし。そこから先は、御縁がございましたら」

と、暁雲が柔らかく、けれど真っ直ぐ言葉にして、断った。

暁雲は狂雲堂でいる時、物言いが変わる。それは驚くことではないのだろうが、言葉だけでなく物腰まで変わるのを、其角はいつも面白く眺めていた。

その幇間としての姿が暁雲らしいというか、一風変わっているのだ。

遊女に客、揚屋や置屋の連中を、丁寧に立ててはいる。けれど時折見かける、卑屈なほど腰が低く、自分を貶めて笑いを取るような幇間と、狂雲堂は異なっていた。

丁寧な物言いだけれど遜ることはなく、柔らかな物腰だけれど、自分を低く見せて相手を持ち上げることもしない。

相手の胸の裡を見極め、合わせてやる機転。的を射た褒め言葉を選び、遣う機転。

例えば、噂や蘊蓄ひとつをとってみても、狂雲堂はまず、喋りたいのか、詳しく聞きたいのか、相手の心裡を摑む。喋りたいのなら、丁度いい間合いの相槌を挟み、周りが退屈しないようにさりげなく話の向きを導きつつ、存分に聞いてやる。知りたいのであれば、誰も知らないような話を、さらりと語る。

例えば、ちょっとした愚痴や話の向きから、相手の誇りや自慢を拾い出し、あからさまになり過ぎないよう、粋に褒める。

勿論、面白おかしい話に剽げた舞、小判を紙吹雪に変えて見せたりする見世物小屋顔負けの手妻で、客や遊女を笑わせ、驚かせ、座を盛り上げる鮮やかな技も、其角は幾度となく眼にしている。けれど其角がつくづく凄いと感心するのは、その「見極め」と「機転」だった。

そして何より、物言いや物腰をいくら「狂雲堂」に変えても、芯のところで暁雲は暁雲なのだ。

どれだけ丁寧な言葉を遣い、相手を立てようと、おおらかで豪放磊落な性分は変わらない。

それが、憂さを抱えた遊女の心を軽くさせ、手慣れない客の気持ちを楽にさせる。

「何だ。人の顔をじろじろ眺めて」

暁雲に文句を言われ、其角はにやりと笑った。

「いつ見ても見事な手並だ、と思っただけだ」

「宴でもないところで、何を惚けたことを言っている」

むすっとしているのは、褒められて照れているのだ。暁雲は他の者に、こんな顔を見せない。其角がふいに褒め、それが運よく暁雲の虚を突けた時に、照れ屋の顔を覗かせる。

それを見るのが、其角の密かな愉しみであった。

『立花屋』へ着くとすぐ、借り受けた四畳半で、暁雲は手早く幇間の身仕度を整えた。

狂雲堂は、派手で滑稽な身形を好まない。銀鼠の細い縞の小袖はそのまま、藍の帯をきつめに締め直し、腰の後ろに大振りな白扇を挿す。ぱりっとした手拭いを懐に仕舞い、手妻に使う紙吹雪を袖口に仕込み、髷を丁寧に撫でつけて、「狂雲堂」の出来上がりだ。荷物は、帯と揃いの色目の風呂敷ひとつ。横笛と、画を描く紙に矢立が仕舞われているが、滅多に使うことはない。

大抵白扇と手拭い、そしてその場の機転だけで宴を作り上げてしまうのだ。暁雲の画は言うまでもないが、横笛もかなりの腕前で、其角は内心「風呂敷の中身」を滅多に使わないのは、何とも勿体ないと思っている。

帯の端を指できゅっと擦って、小気味のいい音を鳴らし、狂雲堂は「さあ、行こうか、狂雷堂」と其角に告げた。

狂雲堂の客分として宴に出る「狂雷堂」の役割は、まず、せめてもの手伝いとして滅多に広げられることのない風呂敷を持つこと。自ら酒を呑み、その勢いで客に呑ませること。そして、興が乗ったら、句を二つ、三つ捻ること。蕉門の筆頭に名を連ねる其角が「ほろ酔い加減に洒脱で華やかな句を詠む様が、唐の詩人、李白を思わせる」ことは、巷で噂になっている。暁雲は、よく悪戯顔で、「助かるよ」と言う。其角は、酒と句のみで容易く座を盛り上げる。取り分け酔い真似の芸は、俳句並に逸品だ、と。

正直、どこまで役に立っているのか怪しいものだと、其角は考えている。だが暁雲について回り、面白いことを見聞きできる好機をみすみす逃す手はないので、そういうことにしてある。

太夫の好みも訊かず、京風の料理に京風の遊びの仕度、揚屋に見当はずれの指図を事細かにしてきたという、少しばかり遊び知らず——野暮と言っては気の毒だ——は、小間物問屋の主だ。歳の頃は三十代半ば、兄から江戸の出店を任されたばかりで、実家、堺の元店は兄が取り仕切っている。

養子に行き損ね、幾年も実家で肩身の狭い思いをしてきたのが、やっと江戸で大仕事を任された。ここは景気づけに、吉原の太夫を揚げて派手に遊んでやろう、というところだろうが、何かにつけて要らぬ力が入っていることは、容易く見当がつく。

仕度を済ませ、どの座敷か訊きに行くと、女将が顔を曇らせ耳打ちしてきた。客はとうに来ているという。

暁雲と其角は、顔を見合わせた。

更に悪いことに、『大黒屋』から太夫について来た若い衆の話では、紅葉太夫は客の掛け持ちが入り、馴染の方へ先に顔を出しに行ったのだそうだ。

江戸、吉原の遊女は、「意気」を大切にする。

客というだけで、下手に出たりはしない。筋を通さぬ客、行儀の悪い客、大門裡の決まり事を守れぬ客、遊女を軽く見る客には、はっきりと物申す。太夫ほどの格ともなれば、気に食わない客を袖にすることが許されていた。

その決まり事のひとつに、客がかち合った折には、手管の順に拘らず、馴染の客や上客の方へ出向く、「貰い引き」というものがある。あぶれた客の宴では、名代を新造が務めるのだが、この新造には客は一切手を触れてはいけない。

それに文句でもつけようものなら、忽ち野暮とみなされるから、客は客で鷹揚に構え、粋で気風の良いところを見せる。それが、吉原の遊び方だ。

けれど敵は上方から出て来たばかり、ましてや、江戸へ来る前は実家で肩身の狭い暮らしをしていたのだろうから、吉原のしきたりなぞ知る由もあるまい。今頃盛大にへそを曲げているだろう。

今宵の宴、荒れるか。

其角は、気懸りになって暁雲を見たが、自分と違って正真正銘、豪放磊落な男は、涼しい顔をしている。自分だけ気を揉むのも悔しい気がして、考えの向きを変えることにした。

名幇間、狂雲堂が、どうやって困った客を宥めるのか、見ものだ、と。

そうして、其角もまた表の顔——酒好きで豪放磊落の面を被る。

座敷、襖の前で、狂雲堂はいつものように、良く通る声を掛けた。

「お呼びに与りました、『狂雲堂』『狂雷堂』にございます」

遅くなりました、も、お待たせ申し上げました、もない。暁雲らしいといえば、らしいが、其角は「高みの見物」と決めたにも拘らず、早速気を揉む羽目になった。

座敷から、応えがないからだ。

けれど暁雲は相変わらず澄ました顔で、客の許しを待っている。

襖の向こうで、若い娘が何か囁いている。きっと、客を促してくれているのだろう。

長めの間を置いて、ようやく男の声が掛かった。

「お入りなさい」

穏やかな物言いの端に、ちくちくとした棘が覗いている。

「それでは、ご無礼いたしまして」

応じると共に、暁雲が襖を開けた。

暁雲に合わせて其角が頭を下げる刹那、不機嫌な優男の顔と、ほっとしたやら助けてほしいやらで、涙目になっている新造の顔が、眼に飛び込んできた。

驚いたことに、初会——初めて遊女を呼ぶ宴でお決まりのはずの芸妓達がいない。さては、あてつけに全て帰し、新造一人きりにしたか。

可哀想に。勝手を知らないとはいえ、新造に当たるなんて。

腹の裡を隠し、暁雲に続いて其角が部屋へ入る。

優男は、「お前さんが、江戸で評判の絵師、多賀朝湖先生――」と眼で暁雲を指し、次に視線を其角へ移して、「それに、蕉門一と噂の、宝井其角さんですか」と訊いてきた。

暁雲は、にっこり笑って客に答えた。

「画描き幇間と、朋輩の俳句詠みにございます」

それから今にも泣きだしそうな新造に向かって、

「あやめさん、よろしくお願いいたしやす」

と、頭を下げた。

初会の宴の主は客ではない。遊女だ。この座では、紅葉太夫の名代を務める新造が、主となる。だから、暁雲は当たり前の筋を通したのだが、それがどうやら客の癇に障ったらしい。みるみるうちに、優男の顔が不機嫌に歪んでいった。

暁雲の珍しい不手際か。けれど、上方の者や田舎者、金を貯めてようやく大門を潜った者。吉原のしきたりに慣れていない客を幾人も、狂雲堂はあしらってきたはずだ。

其角は、暁雲の目論見に、すぐに思い当たった。

客の不機嫌そっちのけで自分に頭を下げてくれた幇間を見て、まず新造のあやめが落ち着きを取り戻した。

初会の太夫は、客と口を利かない。その名代の新造とはいえ、芸妓がいなくなってしまった宴で、同じようにしている訳にはいかない。客を窘めるなり、巧くあしらうなり、何かしなければならない。

吉原のしきたりから外れた宴を吉原風に仕切ってこその名代、太夫付きの新造だ。遊び方を知らない客への悪評とは別に、あやめを名代とした紅葉太夫の評判にも、関わってくる。

あやめが一本立ちした時のためにも、せめてそつなく「田舎者の宴」の間を持たせる手管のひとつくらいは、覚えておいた方が良い。

「狂雲堂さん、狂雷堂さん、よう、いらしておくんなんした」

あやめは、まだぎこちない廓言葉で、暁雲と其角を迎えた。

「へぇ。お招きに与りまして」

明るい、けれど剽げた様子を見せずに暁雲が受けたので、其角もそれに倣って、「ありがとう存じます」と続けた。

客が不機嫌な時は、下手に剽げ過ぎてはいけない。余計、へそを曲げてしまうこともあるからだ。ここは、様子を見ながらゆうるりと、気分を上げていくのだろう。

ところが、其角の推量は外れた。暁雲は、

「旦那さんも、お楽しみのご様子、何よりでございます」

と、だしぬけに切り出したのだ。

其角が、うわ、と思うのと張り合うようにして、客が顰め面を更にくしゃくしゃにした。皮肉な形に口の端(はた)を歪めて、呟く。

「お楽しみ、ね。そんな風に見えますか」

「そりゃあ、もう。紅葉太夫の宴で、名代のあやめさんのお相手をなすっておいでだ」

楽しくない訳がないでしょう。

そう続きそうな、狂雲堂の邪気のない物言いである。

其角は、危うく首を竦(すく)めそうになるのを、堪(こら)えた。どうやら暁雲は客の不機嫌を、見ぬ振り、聞かぬ振りで通すことにしたようだ。

言い返そうとした客をやんわりと遮って、暁雲はあやめに訊いた。とうに、『立花屋』の女将から知らされていることを。

「太夫は、お戻りになるんでございますよね、あやめさん」

「はい。そう太夫から伺っていんす」

にっこりと笑い、暁雲は大きく頷く。

「なるほど、なるほど。そりゃあ大層、太夫は旦那さんを大切に思っておいでだ。初会なのに、戻っておいでとは」

そうなのか、という顔を、客がした。

どうやら暁雲は、太夫が来るまでに、この客へ吉原のしきたりを教え込んでしまう腹らしい。

こっそり、其角は笑った。

面白い。

どちらにしろ、自分の出番は未だなさそうだ。其角はそっと気配を消した。

ずい、と暁雲が客へ顔を近づけた。誰に憚る訳でもないのに、声を潜め、口許を大きな白扇で形ばかり隠して囁く。

「だって、ねぇ。馴染の上客がおいでですのに、そちらの座を外してこちらさんへ戻っておいで、なんて、並の扱いではございませんよ。おっと、これは言うだけ野暮ってもんだ。そんなことをとうにご承知だからこそ、旦那さんもあやめさんとの宴を、おっとりとお楽しみになっておいでなんだ。さすが、京からいらした方は、違いますねぇ」

暁雲はこの客の性分と胸の裡を、あらかじめ聞いていた話と、宴に上がってから今までの短い間に摑んだらしい。客あしらいから察するに、恐らくこんな具合だろう。

気位が高く、見栄っ張りで京かぶれ。一方、今まで肩身の狭い思いをしていたからか、肝は小さい。吉原、いや江戸という場に、気後れも感じている。

だから暁雲は、客の言葉を遮るような強気に出ながら、その無礼に気づかれないよう、丁度いい匙加減で持ち上げてもいる。堺と京では、随分と離れているが、それでも京の周りの者は、京と「同じ」扱いを受ければ、悪い気はしないものだ。ましてや、膳や遊びを京風にしようとした客である。

そりゃあね、と取り繕う客に、暁雲は畳み掛けた。

「しかも、御名代はあやめさん、と来た。そりゃあ、楽しまなきゃあ損ってもんでございます。ええ、ええ。旦那さんは、よく分かっていらっしゃる」

これには、さすがに客もきょとんとした顔をして、あやめを眺めた。あやめは、まんざらでもない顔で、「からかわないでおくんなんし、狂雲堂さん」なぞと、応じている。新造の顔つきにも物言いにも、更にゆとりがでてきた。

「おや、御存じない」

狂雲堂が目を丸くした。そして客が何か言う前に、捲し立てる。

「こいつは参った。こちらのあやめさんに、太夫が大層お目を掛け、可愛がっておいでなのを御存じでないのに、こうしてお二人でお楽しみとは、さすがの目利きでおいでだ。あやめさんは、いずれ紅葉太夫にも負けない太夫に、おなりでございますよ」

これは嘘でもないが、真実(ほんとう)という訳でもない。太夫が、自分付きの新造に目を掛け、可愛がるのは吉原の習い。あやめに限ったことではない。けれど、目を掛けられ、可愛がられているのには違いない。紅葉太夫に付いているということでは、格子(こうし)など、格が落ちる他の遊女に付いている新造より、二歩三歩よりもう少し、先を行っているのも確かだ。

あやめは敏(さと)い娘なのだろう。暁雲の言葉の裏に隠された意味を、きちんと拾ったらしく、こっそり暁雲を睨んだ。その顔も酷く可愛らしいから、評判の幇間に持ち上げられ、内心喜んでもいる、といったところだ。

こほん、と客が取り繕った空咳(からせき)を挟み、あやめに話しかける。

「それは、知らずに悪いことをしましたね。けれど、どうりで振る舞いのひとつひとつが、品と愛嬌に溢れている」

上方の男らしい、「王朝物」めいた褒め言葉だ。『源氏物語』にも、かぶれているのだろうか。

飛び切り雅な仕草で、あやめが頭を下げた。

客の不機嫌が、二回りほど小さくなったのが、其角にも分かった。すかさず暁雲が切り込む。

「何でも旦那さんは、小間物屋の出店を江戸で任されておいでとか」

「ええ、そうですよ」

「でしたら、この宴はいい話の種になりそうでございますね。馴染の上客に太夫をお譲りになる、なんてのは、吉原ならではのしきたりでしょうから。そこで慌てず騒がず、名代のあやめさんと宴を粋に楽しまれたとなれば、『あの店の主は、江戸をようく分かっておいでだ』と、評判になりましょう」

客の目が、明るい色に輝いた。

腹の裡は、多分こうだ。

なるほど。それなら、馬鹿にされたと思っていたこの宴も、商いに使える。江戸の出店が評判になれば、堺の元店と兄に対し、面目が立つ。

すかさず、暁雲が其角に目配せをしてきた。吞ませろ、ということだ。

「旦那さん、そろそろ、喉がお渇きではございませんか」

「豪放磊落」な其角の、陽気で直截（ちょくせつ）な申し出は、吉原慣れしていない客でも、すぐにぴんときたらしい。其角の「大酒吞みで、ほろ酔い加減に句を捻る」という評判も、手伝っているだろう。

「そうだねぇ。どれ、話に夢中でせっかくの燗酒（かんざけ）も冷めてしまったようだ。新しいものを、持ってきて頂きましょうか。名句が生まれる刹那を、拝めるかもしれない」

其角は、にっと笑んで、「そいつは、酒の神様、俳諧の神様次第、でございますよ」と受けた。

暁雲が、飛び切り景気のいい声で酒を頼んだ。

紅葉太夫が姿を見せた時には、芸妓のいない「初会」の宴は陽気かつ品よく盛り上がり、客は上機嫌になっていた。

芸妓や鳴りもの、周りで盛り上げる者のいない宴では、派手な手妻や舞は不向きだ。酒と話で座を持たせるのがいい。

其角がまず呑み、客を煽る。ほろ酔い程に酒が回ってきたところで、暁雲が巧みに客から話を引き出した。

兄への鬱屈。自分がどれ程、江戸の出店に賭けているか。巧くやれるか。

すると暁雲が、さりげなく、評判になった他の出店の繁盛の様子や工夫など、気位が高い客を逆撫でしないように、小間物屋ではない話、幾年か前のことを見繕って、教えてやる。

暁雲の言葉の選び方がいいのか、この客の根が真っ直ぐなのか、それとも内心は「藁をも摑む」心地なのか。

其角が驚くほど屈託なく、暁雲の話に「ふむふむ、そうですか」と、客は耳を傾けていた。

それから暁雲は、あらかじめ客の好みを摑んでいたのだろう、人形浄瑠璃の義太夫へ話を振った。

竹本義太夫が立ち上げた人形浄瑠璃小屋「竹本座」の話、出し物や「義太夫節」がどんな風なのか。暁雲がせがんで客に語らせる。軽やかに合いの手を入れたかと思うと、敢えて少し調子を外した義太夫や、可笑(おか)しな人形の真似をして、「違う、違う」と客の笑いを取る。

合間に、其角がひとつ、二つ、浄瑠璃を絡めた句を詠んでやると、客はなお機嫌が良くなった。

紅葉太夫が顔を出したのは、客が今宵一番の上機嫌で、義太夫節を語っている折であった。

「紅葉太夫のお越しで、ございやす」

若い衆の呼(し)びかけを合図に、禿(かむろ)を引き連れ、太夫がゆったりと座敷へ入ってきた。その名をなぞったような、鮮やかな赤や橙の打掛、前で締めた帯は他の遊女よりも太く、勝(かっ)

山髷の艶やかな黒髪には朱塗りの櫛、白粉と紅で化粧をした、艶やかで吉原の今の流行りの先頭を行く出で立ちだ。太夫が動くたび、ふわりと伽羅の香りが宙を舞う。

客は初め、眩しげに紅葉太夫を眺め、次いで照れ混じりの鷹揚な笑みで迎えた。

「これは、恥ずかしいものを太夫に聴かせてしまった」

太夫が、微笑んで応じる。

「上方で評判の、義太夫節でありんすか」

これには、客は勿論、其角もあやめも驚いた。さしもの暁雲も目を丸くしている。

太夫は初会、客とは口を利かず、笑いもせず、美しい人形のようにただ座っているのが、決まりだ。

更に仰天したことに、その驚きから一番早く立ち直ったのは、暁雲の掌の上で巧い具合に転がされていた客だった。

「さすが、太夫を張っている人だ。良くお分かりだね」

更に、紅葉太夫があやめへ労うように頷き掛け、上座へ落ち着こうとしたのを、この客がおだやかに遮ったのだから、ひっくり返った亀が元に戻る程の驚きだ。

暁雲と其角が来た時とは打って変わったゆとりと上機嫌で、客が紅葉太夫に告げる。

「馴染客の座を外してまで、顔を見せに来てくれただけで充分。今宵は、このあやめと、幇間二人を相手に、存分に楽しませて貰うよ。太夫は、大切なお人の宴へお戻りなさい」

ほんの短い間、値踏みをするような眼で紅葉太夫は客を見つめた。

黒い瞳に吸い込まれそうな顔つきで、客が太夫を見返している。

ふっと、太夫が紅を刷(は)いた口許を緩ませた。

「それでは、お言葉に甘えさせて貰いんす」

うん、うん、と太夫を愛(め)でるように眺め、客が頷く。

ほ、と今度は明らかに紅葉太夫が笑った。

「次においでいただく時には、太棹(ふとざお)を仕度いたしんしょう」

太棹は、義太夫で使われる三味線のことだ。

ぽかんと、口を開けて紅葉太夫を見ていた客が、我に返ったように笑顔を取り繕った。

「それは、楽しみにしていますよ」

おっとりと頭を下げ、涼やかな衣擦(きぬず)れの音と甘い香りを残し、太夫は座敷を後にした。

「さすがは、旦那さんだ。紅葉太夫のお眼鏡に適ったようでございますね」

声を潜めるまでもないことを、また暁雲が小声で囁く。

人形のようにぎこちない仕草で、客が頷いた。

「あれは、裏を返してもいい、ということだろうか」

初会は、客に対する太夫の品定めの色合いが濃い。客は初会で気に入って貰えなければ、次に会うことは叶わない。

名代のあやめを立て、楽しげに遊んでいた様子が、太夫の心を動かしたのだろう。暁雲の道案内通りに進んだとはいえ、吉原知らずの客としては、上出来だ。

だから、次もまた来てくれ——吉原では、裏を返すと言う。それくらいはこの客も知っていたようだ——という意味の台詞を、紅葉太夫は口にしたのだ。

「勿論でございますよ、旦那さん」

暁雲の後押しに、客は心底嬉しそうに笑った。


客は、揚げ代に、帰らせてしまった芸妓達への祝儀を気前よく添えて、「裏を返す時も、きっと盛り上げておくれ」と、暁雲に念押しをし、上機嫌で帰っていった。

あやめから散々礼を言われ、紅葉太夫からだ、という膳を勝手近くの小部屋で頂戴し、さて、いよいよ噂の『大黒屋』を覗きに行こうか、というところで、其角と暁雲は『立花屋』の女将に呼び止められた。夜の四つ、大門が閉まり、表向きは夜見世が引ける刻（とき）のことだ。

紅葉太夫が、置屋『大黒屋』で二人を呼んでいるのだという。其角は暁雲と顔を見合わせた。

「今宵は馴染の旦那さんが、おいでなのではありませんか」

暁雲の問いに、女将はにっこりと笑って答えた。

「今日は宴のみでお帰りになりましたよ。初会のお客さんに気を遣わせてしまったのだから、自分も心ばかりの遠慮をしよう、とおっしゃって」

粋人気取り同士、意地の張り合いか。

其角は、こっそり心中で呟いた。

堺から来た初会の客が江戸者顔負けの粋さ、気風の良さを見せた。馴染の自分も負けてはいられない、というところだろう。

——そういう痩せ我慢は、嫌いじゃない。

ひとり巡らせていた考えを、暁雲の落ち着き払った声が遮った。

「それで、太夫の御用とは、なんでございましょう」

女将は、うーん、と思わせぶりに首を傾(かし)げてから、化け猫めいた笑みを浮かべた。

「ひとつは、今宵のお礼。もうひとつは、お二人にたってのお頼みがあるそうで。後は太夫にお訊きなさいな」

女将は、それだけ言って踵を返した。

言われた通り『大黒屋』へ急ぐと、顔見知りの若い衆が出迎えてくれた。加助という、二十五、六の大人しい男だ。

「太夫が、お二人をお待ちでごぜぇやす」

その声が沈んでいるような気がして、其角は加助の顔を見遣った。

男の癖に、まつ毛が長い。

どうでもよいことに気を取られていると、暁雲が加助へ声を掛けた。

「何か、良いことでもあったかい」

其角は暁雲を見た。若い衆も戸惑ったように顔見知りの幇間へ目を向けている。

「いえ。とりたてて。なぜでごぜぇやす」

加助の問いに、暁雲は、「いや」と首を振った。

「なんとなく、そんな気がしただけだ」

「はぁ」

微苦笑混じりに頷き、加助は其角たちの先に立った。其角は、そろりと暁雲に近づき、加助に聞こえないように囁いた。

「私は、気落ちしてるように見えた」

「ならば、其角が正しいだろう。人を見る目は、俺よりお前さんが確かだ」

「吉原の住人は、暁雲の方が詳しい」

「じゃあ、賭けるかい」

「乗ってもいい。加助の心裡を確かめる術があるなら」

「あるとも」

友は、大威張りで請け合うなり、「加助さん」と、前を行く若い衆に呼びかけた。

「へい」

暗い声——其角には、確かにそう聞こえた——で返事をし、加助が振り向く。

「惚れた女でも、できなすったか」

だしぬけに、野暮なことを。

其角が慌てて友を窘める前に、加助が暁雲に訊き返した。

「あっしがそんな風に、見えやすか」

「ええ、見えますね。大層いい顔をしている」

「顔、ね」

加助が、疑わしげに自分の頬を掌で擦った。やはり其角には、悲しみや寂しさを抱えている顔に見える。

加助が、暁雲をまじまじと見遣った。

「幇間さんってのは、やっぱり人を見る目がおありになるんでしょうかね」

「ほうら、当たりだ」

暁雲が明るい声を上げて、其角の脇腹を肘で突いた。

痛いじゃないか。

文句を言いたかったが、黙っていた。

暁雲が、声を潜めて続ける。

「相手は、『大黒屋』さんの遊女ですか」

加助は顔色を変えたが、すぐに微苦笑を浮かべた。

「妓楼の男と遊女の色恋は、御法度でごぜぇやすよ、狂雲堂さん」

分かっている、というように、更に暁雲が声を潜める。

「ここだけの話です」

少し迷うように、加助が目を伏せる。

きっと、誰かに聞いて欲しいのだ。其角にも、それは分かった。

目を伏せたまま、加助は答えた。

「遊女じゃあ、ありやせん」

「そうは、見えませんがねぇ」

晩雲が食い下がる。「加助は遊女といい仲だ」と、思い込んでいるようだ。いつもの勘だろうが。

加助は、困ったような微笑みを浮かべた。

幸せそうだ。

其角もようやく、そう感じた。この男の抱えている暗さや悲しみは、消えていないのに。

加助が、言い直す。

「もう、遊女じゃあござぇやせん」

加助が歩き出した。すぐに襖の前で立ち止まる。二階東の突き当たりだ。

ここで、加助の「浮いた話」は仕舞いとなった。

「こちらでござぇやす」

其角と晩雲に告げ、加助は襖の前に膝を突き、「太夫、お連れしやした」と中へ向かって告げた。部屋の主の返事を待たずに、こちらへ頭を下げてから、その場を離れる。

晩雲は、名残惜しそうに若い衆の背中を見送っていたが、すぐに襖に向き直って「狂雲堂、狂雷堂にございます」と、声を掛けた。

「どうぞ」の声を聞いて、友が襖を開ける。

太夫ひとりに宛がわれた部屋らしい。二間続きのうち、手前の八畳間だ。

迎えた太夫は、煌びやかな装束を解き、落ち着いた小袖に着替えていた。薄化粧に、髪も町場で流行りの島田に結い直している。

「遅くのお呼び立て、堪忍しておくんなさいな」

淡く紅を刷いた唇から飛び出したのは、ちゃっきりとした江戸言葉。

先刻とはまるで別人の紅葉の様子より驚きだったのが、そこにもうひとり、同じような身形をした女がいたことだ。

隙のない佇まい、薄化粧でなお輝く美貌。ちょっとした仕草からも品が匂い立ち、研ぎ澄まされている癖に、ゆったりとしている。

そして陽炎のように立ち上る気配の色合いは、気圧される程の妖しさと艶やかさで、紅葉太夫とよく似ていた。

ひょっとして――。

思い浮かべた同じ名を、暁雲が口にした。

「こちらの御方は、花房太夫でおいでですか」

くすりと、紅葉が笑った。

「さすがは、狂雲堂さん。いいえ、今宵は、多賀朝湖先生とお呼びいたしましょうか」

「お好きなように、お呼び下さい。こいつは、手前のことを暁雲と呼びますし」

こいつ、のところで、暁雲は其角を顎で指した。

「しかし、なぜ」

訊きかけた暁雲の言葉に被せるようにして、紅葉が言った。

「なぜ、いがみ合っているはずの紅葉と花房が、並んで座っているのか、ですか」

煌びやかな装束も華やかな化粧もなしで、素のまま二人並ぶと、同じ太夫でも、性分や気立ての違いが見えてくるものだな。

其角は、しみじみ考えた。

紅葉太夫は、江戸の女そのもののように、ちゃっきりとしている。小気味のいい町場の美人、と言った風情だ。一方の花房太夫は、儚げで優しげ、佇まいがふんわりとしている。大切に育てられた箱入り娘と言えば、しっくりくるだろうか。

飛び切りの綺麗どころ二人を其角が品定めしている間に、暁雲と紅葉太夫は、さくさくと話を進めている。

「誰と誰の仲が良く、あちらの二人は角突きあわせている。そんな噂話程、あてにならないものは、ございませんよ、太夫。それが大門の裡でも外でも」

暁雲が言い切ると、ちょっとした悪戯が知れてしまった娘のように、二人の太夫は顔を見合わせ、肩を竦め、うふふ、と笑った。

それが、宴で目にする太夫や格子達よりも輝いて、また艶めいて見え、其角は、どきりとした。

「敢えて、打ち消さないだけ。いちいち面倒だし、大門を潜る方々がせっかく面白がっておいでであることだし。実を言うと、この部屋も、花房さんの部屋なんですよ。ねえ、花房さん」

紅葉の呼びかけに、花房がふわりと笑んだ。

「女将さんも、いい評判づくり、商いの種になる、と考えておいでなものだから」

「それは、太夫方もご災難だ」

つい、本音が其角の口から零れた。暁雲が咎めるように、閉じた白扇の先で其角の口を指す。

仲の良い姉妹よろしく、また二人の太夫が、顔を見合わせて涼やかに笑った。

花房が、

「私どもは、この店の売り物」

と言えば、紅葉が、

「売り主がどう仕立て、飾ろうと、売り物が口を挟む筋合いは、ないというもの」

と言い添える。

どちらの声音にも、悔しさも憤りも感じない。からりとした、それだけに自分達のことを言っているようには聞こえない物言いだ。

妓楼の天辺を張る太夫でも、籠の鳥は同じなのか。自らの身の上を他人事として語る程「諦め」を覚えなければ、吉原では生きられないのだろうか。其角は切なくなった。

想いが目の色に出たのかもしれない。

花房が、深い瞳をして其角を見ていた。どぎまぎとしたところへ、更ににっこりと微笑まれ、堪らず下を向く。胸の裡を見透かされたのは、多分気のせいではない。

其角は、普段酔った振りで心裡を人から隠している。気心の知れた暁雲ならばともかく、他人に心中を見透かされることに、慣れていない。

まるで、尻の青いひよっこだ。

自分で自分に呆れるものの、ばつが悪くて顔が上げられない。頼みの暁雲は、助け舟を出すどころか、愉しげに喉で笑っている。

憐れんだが、どうした。それが遊女への辱めだと言うなら、いくらでも詫びてやる。

悪態を腹の中で吐き、自棄になった気分で其角は顔を上げた。

それを待っていたように、紅葉がすっきりとした仕草で首を垂れた。

「先ほどは、あやめをお助け下さり、ありがとう存じます」

其角は拍子抜けした。暁雲が、気負いも気後れもない、普段通りの物言いで、紅葉に応じた。

「太夫に礼を言って頂く程のことでは、ございません。それが幇間の役目というもので」

にっこりと、紅葉が笑う。

「それでも、他の幇間さんでは、江戸慣れ、吉原慣れしていない方を、ああも鮮やかに『粋な客』に仕立てることは、できませんでしょうに」

「他の幇間は存じませんが、それもまた、『狂雲堂』の仕事の裡」

「幇間ではなく、『狂雲堂』さんの、ですか」

紅葉が、楽しげに呟いた。暁雲が、悪びれない物言いで話を進める。

「礼であれば、『立花屋』さんで先刻頂戴した旨い膳で充分でございます。ということで、ひとつめの用は片付いた、と。さて、次のひとつ、頼みとおっしゃるのは、どんなことでございましょう」

おい、と、其角は慌てて友を窘めた。

けれど二人の太夫が気を悪くした様子はない。面を改め、ここからが肝心、という風に頷き合っている。

意を決したように、花房が口を開いた。

「お二人に、『犬の屛風』の謎を解いて頂きたいのでございます」

すっかり忘れていたが、そもそも其角が暁雲について『大黒屋』へやってきたのは、花房太夫の『動く屛風の犬』と『神隠し』の話を確かめるためだったのだ。

落ち着き払って、暁雲が答える。

「屛風の犬が動く。それを見た遊女達が、消える。という、あれですか」

花房が、軽く目を瞠った。ついで、ほっとしたように目を伏せる。

「狂雲堂さんには、驚かされるばかり。紅葉さんから今宵の初会の話を聞いて、なぜもっと早く宴にお呼びしなかったのかと、悔いております」

では、近々是非、と軽やかに受けてから、暁雲は言い添えた。

「屛風の犬の話を聞きつけたのは、私ではなく、こいつです」

だから、顎で人を指すなというのに。内心で文句を言いながら、其角は軽く頭を下げた。

「そう、狂雷堂さん、いえ、其角さんが」

合点がいった、という風に花房が頷いた。

暁雲が吉原に幇間として出入りしていて『大黒屋』とも馴染だから、評判の絵師だから、というだけの頼みではあるまい。

「面白き話」を探し、その不思議を遊び半分で解き明かす。そんなことを、暁雲と其角は、よくつるんでやっている。多分、それをどこかで耳にしたのだろう。

其角はこめかみを掻きながら、花房の呟きを受けた。

「あちらこちらで酒を呑みながら句を捻っていると、色々耳に入ってきますもので」

すぐに面を改め、言い添える。

「花房太夫が、その屏風をお持ちだと」

花房が、心持ち硬い動きで其角へ頷いた。

「気味が悪いと、屏風を売るなり燃やすなりするだけでは、収まりますまい。いなくなった娘達の身も案じられます」

暁雲は、「面白き話」に乗ること自体は楽しむものの、細かな遣り取りや思案は、大概其角に丸投げするのだ。今も、一向に口を開く気配がない。

画にまつわることだ、花房太夫は暁雲を頼りにしているだろうに。

其角は内心でぼやきながら、話の取っ掛かりくらいは、ともかく引き受けることにした。

「会所や、面番所は何と」

花房が答える。

「足抜けだと、いきり立つばかりです」

「それで、画描きで吉原にも関わりが深く、奇怪な話に縁がない訳でもない暁雲を、頼られた」

この台詞で、其角は暁雲へ話を振ったつもりだった。ところが、暁雲はすまし顔で大人しいまま。

花房までが、其角に向かって「はい」と返事をした。それから、「狂雲堂さんがお描きになった画の評判も、聞いておりますし」と付け加える。

多賀朝湖の画は、動く。朝湖の画には、不思議がついて回る。

そんな密やかな噂が、あるにはある。其角も「いわくつき」の画を貰い受けている。

それは、暁雲が自らの画に命を吹き込んでいるから。あまりにも生き生きとした筆致のせいだ、と、其角は考えている。

だが、それだけで片付けられない「力」を、暁雲の画から感じることも確かなのだ。

画描きは、私じゃないんだぞ。

其角は視線で暁雲へ不平をぶつけた。友の涼しげな横顔はそよ、とも揺らがない。

溜息をひとつ挟み、其角はようやく腹を括った。

取っ掛かりだけでなく、いつものように遣り取りをすっかり、私が引き受ければいいんだろう。

「詳しい経緯を、お聞かせ願えますか。その、私でよろしければ」

くすりと笑い合った二人の太夫の顔は、酷く美しかった。

花房が、柔らかく応じる。

「勿論です。お二人へのお頼みなのですから」

元々、『犬の屏風』は、犬好きの遊女が馴染の客から贈られたもので、一度持ち主が替わった後、花房が預かることになったのだそうだ。

消えた遊女は、三人。

ひとり目は十日前、最初の屏風の持ち主だった格子、名は初音。

次の日に二人目、千里という格子が消えた。屏風の次の持ち主だ。

そして、四日前に行方が分からなくなった三人目が、花房付きの新造、みゆきなのだという。

初音は、「『屏風の犬』が動いた」と口にした日から六日の後、後の二人は『屏風の犬』を眼にして程なく、姿が見えなくなった。

『大黒屋』の楼主は、『屏風の犬』が動くことも、消えた遊女は神隠しに遭ったのだという向きも、眉唾だと思っている。だが、これ以上妙な噂が立っては商いに関わると、二人目の千里が消えた次の日、屏風を燃やすと言い出したのだそうだ。それを、花房が止めた。

自分がしっかり預かる。どの遊女の眼にも触れないようにするから、と。

ところが、みゆきは姿を消した。

そう告げた花房は、辛そうだ。自分が屏風を預かったことと、みゆきが消えたこと、もし関わりがあるのだとしたら、楼主の言う通り燃やしてしまえばよかったのかもしれないと、悔いているのだろう。

其角は、溜息混じりに花房へ言った。

「燃やさなかったのは、賢明なさりようだ」

気休めではない。「面白き話」が立ち消えになってしまうから、でもない。消えた遊女の行方の大切な手がかりかもしれない画を、みだりに燃やすなぞもっての外、なのである。

ですが、と紅葉が控えめに口を挟んだ。

「そのせいで、花房さんが少しばかり困ったことに、なってしまったのですけれどね」

それは、と訊いた其角に紅葉が応じる。

「遊女の神隠し。『屏風の犬』が遊女を攫(さら)っていく。そんな噂が、『大黒屋』の外では囁かれ始めています。けれど、この妓楼の遊女の間に広まった噂は、また少し違う」

「どんな、噂です」

「『犬が動くところを見た遊女は、誰にも知られず足抜けできる』、と」

紅葉が気遣うように花房へ眼を向けたのを、其角は見逃さなかった。

なるほど、と其角は頷いた。

「花房太夫が屛風を預かったことで、根も葉もない話をする者が出始めた。つまり、『花房太夫が、足抜けを企んでいる』」

当の花房は、少し困った風で首を傾げるのみだ。むしろ気を揉んでいるのは、硬い顔で縋るように其角と暁雲を見比べている紅葉の方らしい。

「実は」

「紅葉さん」

思いつめた顔で切り出した紅葉を、花房が止めた。紅葉が花房を諭す。

「厄介事をお頼みする上は、ちゃんとお話ししないと。お二人の疑い、疑いの種はなくしておいた方が、いいでしょう」

「疑いの種、とは」

其角が、紅葉に訊いた。

紅葉は、花房をちらりと見遣り、目顔で頷き合ってから其角に答えた。

「花房さんには、身請け話があったのです」

けれど、それを花房は蹴った。経緯は客の体面にも関わるから言えないが、身請け話を断られたことに、その大名は腹を立てているそうだ。相手が相手だけに、楼主も会所も、今ひとつ強気に出られないのだという。

「まったく、松井の御殿様も困った御方――」

「紅葉さん」

花房が慌てた様子で、紅葉の言葉を遮った。

紅葉としては、吉原の太夫にしては口が軽いと謗られるのを承知で、「松井の御殿様」とやらのことを其角達に語りたかったようだ。それほど憤り、花房を案じているのだろう。

一方花房は、揉めた相手の名は伏せておきたい様子だ。

ここは、花房当人の望みに沿った方がいい。其角は、その名を聞かなかったことにした。

「つまり、行儀の悪い客から逃げる、という『足抜けの理由』を、花房太夫は、お持ちという訳ですか」

客の素性を濁して訊いた其角に、花房が、軽く微笑み、答えた。

「足抜けなんぞ、考えてもいんせん」

ふいに零れた廓言葉に、其角の心の臓が、軽く跳ねた。花房は、続ける。

「外の世は、どんな風だろう。時にはそんな夢を見ることもありんす。けれど、それは夢を見るだけ。本当に『足抜け』をしようとした可哀想な仲間のなれの果てを、厭というほど、見せられていんす。それに、わっちとて、欲は持っていんす」

外の世を詳しく知らない。花房は吉原で生まれたか、ごく幼い頃に売られてきたのだろう。其角は訊き返した。

「欲、ですか」

紅葉が答えた。

「太夫へ登るまでにした、数えきれない苦労や辛抱。それと引き換えに手に入れた、ささやかな幸せ」

「ささやか」という言葉は、太夫の座にある遊女には不似合いだ。けれど其角にも分かるような気がした。

花房や紅葉が苦界に身を沈めた経緯は分からない。けれど、飢える心配も雨風をしのぐ苦労もない。折檻もなく、嫌な客を断るくらいの我儘は許される、平穏な日々。

華やかさも贅沢も、我が身への賞賛も、所詮「大門裡のまやかし」と肝に銘じ、大人しくしていれば、籠の鳥にも平穏な明日はやってくる。

ふんわりと、花房が笑った。

また、胸の裡を読まれたような気がして、其角はどぎまぎと太夫から眼を逸らした。

「ですのでね」

町場の物言いのままで、紅葉が話を戻す。

「花房さんへの根も葉もない噂を消すためにも、消えた遊女達の行方、『屏風の犬』が動く理由を、お二人に探して頂きたく、こうしてお呼び立てをしたって訳なんです」

ふむ、と其角は唸った。

断るつもりは、毛頭ない。

さて、どこから手を付けようか、何から訊こうか。そんな思案を始める合図の、ひと唸りだった。

ふいに、暁雲が花房を見た。

「『屏風』を、拝ませて頂きたい」

「暁雲」

其角は暁雲に不平をぶつけた。今まで丸投げをしておいて、気が向いた時だけ横槍を入れるな、と。

けれど暁雲は悪戯な顔で、言い返した。

「見たくはないのか。動く犬の画だぞ」

「それは、その——。まあ、見たい」

二人の太夫は忍び笑いで其角を見ている。なんだかばつが悪くて、其角は一息に頼んだ。

「是非見せて下さい」

紅葉が「花房さん」と促す。花房も小さく頷いた。

「こちらです」

花房が立ち上がった。紅葉も続く。

其角は気づかなかったが、暁雲は既に見当をつけていたようだ。友の確かな視線を追うと、部屋の隅、凝った暗がりに溶け込むようにして立てられた屏風にたどり着いた。

季節外れの薄が風に揺れている画だ。色遣いも、薄闇を差っ引いてなお淡いというか地味で、おおよそ屏風向けの画ではない。だから今の今まで、其角は気づかなかったのだ。

裏画、か。

上等な屏風の中には、裏にも画が施されている、手の込んだものがある。

花房と紅葉が二人で屏風の裏表を返した。

子犬が、じっと其角を見ていた。

あどけない、丸々とした白い子犬だ。

子犬の傍ら、座敷の畳の上には、色鮮やかな鞠やでんでん太鼓が散らばっている。

自分の尾に夢中でじゃれていた子犬が、ふと人の目に気づいて、そちらを見た。

そんな風情の画だ。

丸く、無垢な黒い目が、「なぁに」という風に問いかけてくる。

眩暈がした。

吸い込まれそうだ。

いきなり、どん、と肩口を小突かれ、其角は我に返った。

「お前さんまで、消えかけてどうする」

暁雲に笑い含みでからかわれ、咳払いで誤魔化す。

「消えるもんか」

其角はぶっきらぼうに言い返して、花房へ向き直った。

「太夫は、この犬が動くところを、ご覧になりましたか」

ほんのりと笑んで、花房が首を横へ振った。

「残念ながら、未だ。何しろ、こうして裏を向けていますから」

常に裏を向けているという約束をして、ようやく『大黒屋』の楼主から屛風を預かる許しを貰ったのだそうだ。花房自身は勿論、花房付きの新造や禿、二階番の若い衆や下働きをする雇人が、間違って見ないように。

其角は、ぼそりと『大黒屋』の楼主へ皮肉を吐いた。

「眉唾と言う裏で、その実、楼主も信じているんだな」

暁雲が、屏風へ近づいた。其角も後に続く。

江戸で評判の人気絵師は、あちらこちら細かく眺め回した挙句、短く呟いた。

「いい画だ。大層良く描けている」

「暁雲ほどじゃない」

其角は、軽くからかってみた。当たり前だ、程の言葉が返ってくるかと思いきや、酷く真摯な声で、暁雲——多賀朝湖は、

「画の出来に、上も下もない。気の入ったいい画か、否か。それだけだ」

と答えた。暁雲のこの心構えは、其角も承知している。

暁雲のような絵描きばかりなら、狩野一門だの御用絵師だのと、偉そうにする奴は一人もいなくなるだろうに。

けれど蓋を開けてみれば、画も俳諧と同じく、どれ程気を入れたものであろうと、出来の良し悪し、才の有無は、確かにある。一幅、一句に心血を注いだ当人にしてみれば、哀しいことではあるけれど。

そしてこの『犬の屏風』は、間違いなくいい出来なのだ。

紅葉が、呟いた。

「こうして見ていると、本当に動き出しそう」

怯えている様子はないが、ほんの少し、その声は掠れていた。

幇間の物言い、物腰で暁雲が明るく告げた。

「何、心配ご無用、でございますよ。太夫」

そうして、悪戯な眼で続ける。

「その道の者が気を入れて作り上げたものには、よくあることでございます。現に、この朝湖の画も動きますし、其角が句に詠めば、旱の田畑に大雨が降ります」

其角は、心底慌てた。暁雲の画はともかく、自分の句で不思議が起きたことなぞ、金輪際ありはしない。

「ちょっと待ってくれ、暁雲」

友を窘めようとした其角を、綺麗に揃った太夫二人の涼しげな笑い声が遮った。

「そう伺って、少し安堵いたしました」

明るく受けた花房に、紅葉も乗る。

「本当に画が動くものなのか。動くとしたら、この屏風はどうなのか、まずは人気の多賀朝湖先生に伺ってみようと思っていたんだけれど。そういうことなら、子犬が少しくらい動いても、慌てなくてもいいのね」

大真面目に、暁雲が応じる。

「ええ。遊んで欲しいか、腹が減ったか、というところでしょう。どちらにしろ、放っておくのがいい」

花房の顔が、微かに曇った。突き放されたと感じたのかもしれない。

其角が、すかさず口を挟んだ。

「画の謎解き、確かにお引き受けします。子犬は放っておくにしても、『大黒屋』さんは、そうは行かないでしょう。そうだよな、暁雲」

暁雲も、きちんと引き受けろ。そういうつもりで、友に振った。さすがのへそ曲がりも、この時ばかりは殊勝に頷いた。

太夫達の目の奥の光は、くるくる変わる顔付きや物腰に反して、初めて会った時から今まで、真摯なまま変わらなかったのだ。

花房が、面（おもて）と物言いを改めて訴える。

「わっちの噂は、二の次でありんす。まずは、みゆき達の行方を、探してくんなんし」

暁雲が、静かに応じる。

「間違いなく、お引き受けいたします。それから安堵の種をもうひとつ。みゆきさんは、きっと御無事でおいでです」

今まで気を張っていただろう花房の目尻が、小さく濡れて光った。

夜更け、九つの少し前に大門脇の木戸から出して貰い、其角の庵へ二人で戻る道すがら、暁雲は陽気によく喋った。

「俺の勝ちだぞ」

得意げに水を向けられ、其角は訊き返した。

「何のことだ」

「若い衆の加助さんさ。現に『良いこと』が、あった。賭けは俺の勝ちだ」

言い切った暁雲に、其角は異を唱えた。

「良いことかどうか、分からない」

「なぜ」

「惚れた女は、もう、遊女じゃない。加助さんはそう言った。身請けされたってことだろう。元々叶わぬ恋だったが、いよいよ手の届かないところに行ってしまった。だから気落ちしているように見えたんだ」

言ってやると、暁雲は鼻を鳴らした。

「惚れた女の幸せが、自分の幸せ。そういう男もいるぞ。紅葉太夫は吉原にもささやかな幸せはあると言ったが、大抵の吉原の女にとっちゃ、大手を振って外に出るのが、一番の幸せだ」

加助の気持ちを思うと、胸が鈍く痛んだ。心にのしかかった重みを振り払うように、其角は踏ん反り返った。

「加助さんが幸せなのか気落ちしてるのかは、とどのつまり分からない。賭けは引き分けだ」

引き分けか、と暁雲がつまらなそうに呟く。

其角は、話を変えた。

「さっきの、あれ。気休めか」

「あれとは、何だ」

最前の遣り取りを入れ替えたようだ。其角は言い直した。

「太夫に言った、あれだ。みゆきさんは、無事だって、あれ」

「いいや」と、暁雲が答える。

「気休めじゃないのか」

「違う。勘だ」

気の抜けた答えに、其角は危うく、日本堤の土手を踏み外しかけた。

既に九つの鐘は鳴った後、辺りは人気もなく、山谷堀の小さな水の音と、暁雲が手にしている提灯の灯りばかりが、際立っている。

昨夜より少し冷たい風が、其角の鼻の頭を冷やして、吹き過ぎて行った。

其角は、頑なに後ろを振り返らずにここまできた。あどけない眼をした子犬が、屏風から抜け出し、後を付いてきているような気がしたからだ。

なのに、暁雲は豪胆というか、鈍いというか。

呆れて、友を問い詰める。

「無事なのは遊女三人じゃなく、新造のみゆき。これも勘なのか」

暁雲は、少し考える風で黙ってから、口を開いた。

「勘と言えば勘だが、他の二人は格子、一人前の遊女だ。残るひとりは見習いの新造。まだあどけなさが残る娘に無体な真似をする者は、そういるものではない」

なんとも、ありきたりの答えに、其角はがっかりした。出かかった溜息を呑み込み、確かめる。

「二人の遊女は、無事ではない。そう聞こえる」

「そうは、言ってないぞ。どれもこれもただの勘だ。気にするな」

暁雲の勘は、侮れないじゃないか。

友の勘の確かさは、今までのつき合いの中で厭というほど思い知らされてきた。けれどそれを口に出すと、本当に遊女二人の骸が見つかりそうな気がしたので、其角は敢えて話を逸らした。

「紛らわしいことを口にすると、かえって太夫方が心配なさるぞ」

くつくつと、暁雲の喉で笑う音が、闇に響いた。

「すっかり、花房太夫に骨抜きにされたようだな、其角よ」

「そ、そんなんじゃない」

「戯言だ。お前さんは、情に篤い。ただそれだけさ。そうだろう」

「からかわないでくれ」

なぜ、答えに窮したのか、其角は自分にも分からなかった。花房ひとりに惹かれた訳ではない。多分。

ただ、太夫の装束を解き、化粧を落とした、姉妹のような二人の女の吐息が、今も首筋辺りに纏わりついているような心地がして、落ち着かなかった。

三章　町狩野

次の日の午過ぎ、其角は暁雲と共に向島へ向かって隅田川を遡っていた。ありていに言うと、「暁雲にくっついて来た」が正しい。

「面白き話」の不思議を解き明かそうとする時、大抵、其角はどう動くかを暁雲に任せる。理屈や辻褄で動きがちな自分が仕切るより、暁雲の勘――鼻、と言った方が近いだろうか――に頼った方が、思わぬところで、不思議に繋がる「何か」と出会うことが多いのだ。その「何か」を見つけてから、自分が筋道、理屈を考える。

宝探しめいた探索が楽しくて、其角はいつもそうしてきた。

昨夜は、吉原を出てから暁雲を庵に招いた。その日見聞きしたこと、これからの策を、暁雲と語りたかったからだ。

やはり厠へ行くのが怖いか、と腹の立つ軽口を叩きながら、暁雲は付いてきた。

軽く呑みながらあれこれ語り、次の朝随分日が高くなってから目覚めた其角に、暁雲が前の晩の酔いの欠片も残っていない様子で——それは其角も同じなのだが——、いきなり告げたのだ。

向島へ行ってみよう、と。

昨夜、向島という地は誰の口にも上らなかった。なぜ向島なんだと訊いた其角に、友はさらりと答えた。

まずは『子犬の屏風』の出処が知りたい、昨夜其角がそう言ったんだろうが、と。

確かに、二人で呑みながら、そう言った覚えはある。だが、それがどうして向島なのだ。そう訊きたかったのだが、暁雲に「酔っておらぬ癖に寝穢い」と窘められ、さっさとしないと日が暮れると急かされ、取り敢えずいつもの通り、付いて行くことにしたのだ。

江戸橋近くで猪牙を頼み、隅田川へ出た。

ここ幾日かに比べ厳しかった今朝の冷え込み——だから朝は、起きるのが億劫だったのだ——が一気に緩み、遠くの景色が春霞で滲んでいる。ぼんやりとした富士の御山も、優しげでおつなものだ。

ちょっとした物見遊山の気分に浸りながら、其角は、寝ている間に暁雲がこしらえてくれた味噌味の大きな握り飯を頬張った。ひとつ平らげたところで、指先に残っていた飯粒を腹の中へ収めながら、暁雲に訊いた。

「『向島』に、何がある」

「お前さんが、犬の出処を知りたいのだろう」

「私が訊きたいのは、犬と向島の関わり――」

途中まで言い返して、其角は気づいた。

「あの屏風を描いた奴に、心当たりがあるんだな」

「三分ほどな」

「残りの七分は、勘か」

呆れ混じりに、其角が呟く。暁雲は大威張りで「おお」と応じて、言い添えた。

「察するに、恐らく狩野の画風を身に付けた絵師だ。いい腕をしている」

「狩野を学んだ絵師なぞ、掃いて捨てるほどいるだろう」

言い返しながら、其角は思案した。放っておけば、暁雲は勘に任せて思い当たる絵師を片端から訪ね回るに違いない。いくら暁雲の鼻に任せるといっても、それは遠慮したい。

何か大まかな方角だけでも決めておかないと、厄介なことになる。

狩野を学んだ者は山ほどいる。現に、狩野を名乗っていないものの、暁雲もそちらの出らしい。ただ、この腕のいい絵師が「いい腕」と評する絵師は、限られる。

屏風の贅沢なつくり、絵の具も金銀が景気よく使われていた。

きっと、相当な財力を持った者からの注文だろう。上品な絵柄、描かれていた座敷のつくりからして、相手は武家だ。

大身旗本か、あるいは大名。

遊女が持つには、少しばかり不似合いだ。なのになぜ、あれが初音へ贈られたのか。その経緯は。

櫓の軋む調子のいい音と、軽やかな水の音が、其角の思案を静かに促す。

「多分」

其角は呟いた。何だ、と暁雲に促され、続ける。

「注文主が、あの屏風を気に入らなかった。突き返されたものを、仕方なく他の奴に売った」

けちが付いた屏風だ、格安だっただろう。羽振りのいい客が馴染の遊女に贈る程には。

「そう言えば、思い出した」

暁雲が、明るい声で言った。

「何を」

「風の噂に聞いた気がするぞ。これから訪ねるつもりの絵師が、大きな仕事が入ったと大層喜んで、絵の具も相当張りこんだ。ところが出来上がってから反古になり、気落ちしている、と」

其角は疑いの目で暁雲を見た。

「ひょっとして、暁雲は初めから一切合財を見越して、その絵師を訪ねるつもりだったのか」

暁雲は、からからと笑い声を立てた。気持ちの良い笑い振りに、船頭もつられて口許を綻ばせた。

「勘だ、勘。俺がそんなややこしい思案をするものか。そういうことは、お前さんに任せてある。そもそも、言われるまでその噂をすっかり忘れていたくらいだぞ」

「そういうことは、普通大威張りで口にしないものだ」

「そうかな」

暁雲は、楽しげに首を傾げた。この友は、其角の推量と自分の勘が揃うことが嬉しいのだ。気が合う、なぞと言って。

おかしな奴だ。

其角は、話を進めることにした。

「で、絵師の名は」

「狩野辰伴。町狩野だ」

町狩野とは、狩野を名乗る絵師のうち、野にあって町場の人々向けの画を描く者達のことだ。

ふむ、と其角は鼻を鳴らした。

「町狩野、か。大層な腕なんだろうに。あの犬も、生きているようだった」

「あそこまで大所帯になると、画の腕だけでどうにもならんものが、あるのさ。血筋やら、画風の違いやら、な」

「面倒だ」

ぼそりと呟いた其角に、暁雲はにやりと笑った。

「蕉門一の句詠みが、何を言う」

「蕉門には、御用俳諧師なぞ、いない」

蕉門の頂点に立つ松尾芭蕉その人でさえ、知己は幕閣にまで広がっているものの、公儀のために句を詠むことはない。そして、それこそが蕉門の有るべき姿だと、其角は信じている。

それもそうだ、と応じた暁雲も、どこか誇らしげだ。

「けどな」

其角は、逸れかけた話を戻した。

「初音さんが屏風を手にした経緯を知るのなら、『大黒屋』に訊くのが早くはないか。それとも自慢の勘が、何か言っているか」

茶化したつもりが、暁雲に、

「お前さんの真似をしてみたまでだ。えらく頭が疲れたぞ」

と、茶化し返された。其角はむっつりと訊き返した。

「その『真似』で、何を摑んだ」

軽く笑って、友が答える。

「昨夜の『大黒屋』でのこと、覚えているだろう。二人の太夫は屏風の経緯、初音さんへの贈り主を語ろうとしなかった。楼主か女将に口止めされていたんだろうな。置屋の決まりなら、誰に何をどう訊いても教えては貰えんよ」

「つまり、画の贈り主に、いわくがある」

呟いた其角に、暁雲が応じた。

「ああ。あの太夫方の口さえ噤ませる程の、いわくだ」

花房は、消えた新造のみゆきや遊女を探し出したいと、強く願っている。それでも言えない、何か。

考え込んだ其角に対し、暁雲はあっさりしたものだ。

「画の経緯、贈り主のいわく、どちらも知っていそうな奴に訊くのが早い」

お前さんは、考えなくて済むことまで考えようとする。そう窘められた気がした。

肩の力が、ふっと抜けた気がした。小さく頷き、其角は呟いた。

「画を描いた当人、か」

「おおよ」

威勢よく返事をした暁雲は、上機嫌だ。

絵描き仲間に会えるのが楽しいのか、謎解きに頭を悩ませる其角を眺めるのが愉しいのか。きっと、後の方だろう。

朝の冷えが僅(わず)かに残る川風を、暁雲は気持ちよさげに頰で受けている。

其角も、ともかく今は無駄な思案は棚上げにして、心地いい猪牙の揺れと風を楽しむことにした。


水戸徳川下屋敷を川上へ過ぎた途端、目指す東岸の景色は、長閑(のどか)になった。植えられた蓮華(れんげ)の花で、田の辺りは一面、柔らかな赤紫に染まっている。もうしばらくすれば、田起こし、田植えと続き、季節は夏だ。

一方で隅田川を挟んだ向島の西には、暁雲や其角が馴染んだ吉原や、物見遊山の連中で冬でも夏でもごった返している浅草寺(せんそうじ)がある。川ひとつ隔ててここまで色合いが異なるのも面白い、のんびりした田畑と、喧噪の塊。

と、其角は改めて両岸を見比べた。

暁雲の話では、件(くだん)の町狩野、辰伴という絵師は、三囲稲荷(みめぐりいなり)の東、須崎村(すさきむら)に庵を構えて暮らしているらしい。猪牙を三囲稲荷の前で降り、そこから歩くことにする。庵の詳しい場所まで、暁雲が知らなかったからだ。稲荷や、田畑で見かけた人に片端から訊いて回ると、狩野辰伴は、須崎村の隣、町家が並ぶ地で暮らしていると知れた。

誰それの住まいや身内、そんなことに関して、暁雲は大抵大雑把(おおざっぱ)だ。吉原で見せる細やかさや、画に向き合う折の真摯さが嘘のようである。

尋ね歩いて知れた庵は、町家の東外れ、須崎村との境にあるらしい。

町家の端につくと、村の隅に「まんぢう」の看板が揺れる小さな店が見えた。

「こんなところに、まんじゅう屋とは、珍しいな」

其角が呟くと、暁雲が、

「まんじゅう、食うか」

と訊いてきた。

二人とも大酒呑みの習いで、甘ったるいものが得手ではない。其角は頭に大がつくほどの苦手である。暁雲はまたもや其角をからかったのだ。

「暁雲は、食べるのか」

口をへの字にしてやり返すと、暁雲もまた、犬のように鼻に皺を寄せて「冗談を言うな」と応じた。

くだらない言い合いを続けようとした其角を遮って、暁雲が真っ直ぐ指を指した。

「あれじゃあないか」

見遣ると、町家よりもむしろ、道ひとつ挟んだ先の須崎村に馴染んでいる庵が、目に入った。

茅葺(かやぶき)の屋根、粗い藁が目立つ土壁、木戸の横には大きな柿の木が、淡い緑の若芽を吹き始めている。同じ鄙(ひな)びた様子の庵でも、芭蕉庵や其角の住まいに比べ、随分とおおらかで田畑に似合う佇まいだ。

声を掛けて木戸を潜り、野放図に見えて、四季折々、切り取り方によってどんな風情の画にもなるように草木が植えられた庭を進む。いかにも、絵師らしい庭だ。軒下を棚代わりにへばりついている藤は、まだ硬い若草色や薄紫の蕾が、つんつんと上や横を向いている。しなやかに垂れ下がるまで、もう少し掛かるだろう。咲き揃えば、縁側からの眺めは其角の庵と、張るかもしれない。

絵師の住まいが好ましく見えたのはそこまでだ。

再び、声を掛けながら縁側越しに覗き込んだ家の中は、荒れていた。

散らばる紙、筆、絵の具の皿。

途中で放り出された下描き。

その真ん中に、こちらへ丸めた背を向け、手枕（たまくら）で寝転がる男がいた。其角が庭からもう一度、そっと呼びかけてみたが、返事はない。肩から首にかけて、微かに力が入っている。狸寝入りだ。

さて、どうしたものか。其角は暁雲を見た。

友は大きく息を吸ったかと思うと、通る声で叫んだ。

「辰伴殿、起きておられるか」

「うわあっ」

絵師は飛び上がるようにして身体を起こしたが、其角も仰天した。

「私まで、驚かすな」

しれっとした顔で暁雲は、「寝た振りを続けさせておくわけにも、いかんだろう」と囁き返した。

あの『子犬の屏風』を描いたという絵師が、しぶしぶとこちらへ向き直った。

「俺に何の用だ」

可愛らしい子犬、品の良い図柄からはおよそ思いつかない、厳つい顔、がっしりした身体をしている。取り分け、太い眉が目を引いた。暁雲よりも年下、其角よりは少し上だろう。気になるのが、荒れた部屋よりも荒んだ目つきだ。

『大黒屋』より難敵かもしれないぞ。

怯んだものの、其角は落ち着いて切り出した。

「『大黒屋』の遊女、初音が持っていた屏風の画について、二、三、伺いたいことがある」

辰伴は胡乱な目で暁雲と其角を見比べ、「お前さん達は」と訊き返した。

暁雲が、ほんの少し幇間の気配を混ぜ、気易い調子で名乗った。

「こっちは俳諧師の宝井其角、俺は多賀朝湖という者だ」

敢えて、名乗ったな。

其角はそう踏んだ。

普段、自分が「何者なのか」に拘らない暁雲がはっきりとした意図を持って、多賀朝湖――絵師の名を使った。ここは、「絵師仲間」の役どころを使う気らしい。

暁雲の策は、当たったようだ。

辰伴の荒んだ目に、強い光が灯った。這いずるように縁側までやってきて、暁雲の顔を掬い上げるように見遣る。

「お前さんが、多賀朝湖。生きてるみてぇな画を描くってぇ――」

にっと、暁雲が歯をむき出して笑った。

「巷で、どう語られているかは知らんが、多賀朝湖といえば、多分俺だな」

辰伴はすっかり毒気の抜かれた顔つきになり、縁側へ胡坐をかいた。

「そうかあ、お前さんが、ねぇ。狩野でもねぇのに町人からお武家さんまで、引っ張りだこの、多賀朝湖。『眺めてるうちに、絵の中の奴らが動き出すような気になってくる』ってぇ言われる、ねぇ」

しげしげと見つめる不躾な辰伴に、暁雲は嫌な顔ひとつせず、縁側を指しながら訊ねた。

「隣、いいか」

「お、おお。こいつはすまねぇ。まあ、掛けてくれや」

「すまんな」と応じ、暁雲は辰伴から少し離れたところに腰を下ろした。其角を真ん中に据えた方が、話が早く進むと考えたのだろう。

それにしても、相変わらず相手の懐に入り込むのが巧い。こっそり舌を巻きながら、其角は暁雲が空けてくれた縁側に上がり込み、辰伴と同じように胡坐をかいた。辰伴は暁雲と話がしたいらしく、其角越しに暁雲の方へ身を乗り出している。

「一度、狩野家とは関わりのねぇ、腕のいい商売敵と話をしてみてぇと思ってたんだ」

町狩野は子供のように浮き立っている。暁雲が、申し訳なさそうに言い返した。

「狩野と関わりがないわけじゃない。追い出された口だ」

「そうなのか」と、辰伴は目を瞠ったが、すぐににっと笑って、言い返した。

「今は関わりねぇんだろうが。しかも狩野がおん出した絵師が大層人気だとは、また気味のいい話じゃねぇか」

「お前さんだって、動き出しそうな犬を描いてるだろう」

暁雲の言葉に、辰伴が頬を強張(こわば)らせた。間を置かず、暁雲が続ける。

「あれは、良い画だ」

直截な物言いが町狩野の心へ直に響いたようだ。強張った頬を緩め、辰伴がそろりと訊き返す。

「本当に、そう思うかい」

「無論だとも。こいつなぞ――」

と、暁雲は、また顎をしゃくってこちらを指し、

「あの子犬の黒い目に、吸い込まれそうになっていたぞ」

と、続けた。辰伴が、其角を見た。下手な世辞ではないだろうな、と確かめる眼をしている。

うん、うん、と其角が大きく二度、頷くと、肩の辺りを、結構な力で小突かれた。

「俳諧師さんよ、お前さんも、見る眼があるじゃねぇか」

この男、本当にあの上品な屏風画を描いた絵師なのか。

疑いながら、其角はさりげなく確かめてみた。

「どこから眺めても、こちらを見てた」

辰伴は胸を張った。

「多賀の旦那ならお見通しだろうけどよ、あの目玉にゃあ、ちょっとした工夫があってね。色々やりようはあるが、まあ、寺の天井の龍だったり、見世物小屋の画だったり、そんなようなものさ」

詳しい仕掛けは明かせない、ということか。だが、それだけでは「犬が動いた」という騒ぎにまでは、ならないだろう。

あの屏風は、目を描くこつや仕掛けだけでは、語れない画だった。

暁雲の画と、どこか似ている。命が吹き込まれたような画。

思ったままを其角が告げると、町狩野は、嬉しそうに語り出した。

目だけでなく、方角によって毛並の見え方も違うように、銀粉の光り加減に気を遣ったこと。金持ちの家に頼み込んで、幾日も飼い犬を写生させて貰ったこと。

取り分け瞳の黒には、「相手を追う仕掛け」だけでなく、手間も工夫も凝らした。

あどけなく、それでいて底知れなく見えるように。

よほど、気を入れて描いたんだな。

其角は、熱っぽく語る辰伴を見て、そんな風に思った。

だしぬけに、暁雲が切り出した。

「商いが反古になったというのは、あの屏風のことか」

忽ち、町狩野が顔を顰める。

「そうとも」

言葉の勢いからして、その話をするのが嫌なのではなさそうだ。むしろ、是非「腹立たしい経緯」を聞いてもらいたい、というところだろう。

促すまでもなく、辰伴がぶつぶつと、文句を言い始めている。

だから、お偉いさんってのは、嫌なんだ、だの、いい歳して我儘ぬかしやがって、だの。

放っておくと盛大な不平が、どこまでも続きそうである。

切り出したのは暁雲だし、なにしろ画にまつわることだ。ここは暁雲が遣り取りをするのかと思って其角は友を見遣った。

だが、暁雲は酷く不機嫌な顔をしていた。口をぎゅっと噤んだまま、何かを語る様子もない。しかたなく、其角が遣り取りを引き継ぐことにする。

「そもそも、吉原の遊女への贈り物ではなかったんだな」

ああ、とつまらなそうに辰伴は頷いた。

「吉原へ置く画なら、もっとこう、華やかでなんとなく色気のある画にするさ。ありゃ、嫁入り先を失くしたところを、ある大店の旦那が買って下すったのよ」

それでも、突き返された画ということで、格安の値になってしまった。金銀を含め、高価な絵の具を贅沢に使った画だ。いくら大店といっても、初めの注文通りの値で買えるものではない。丸損は避けられたが、絵の具代にも足りない値で売った。

早々に、知りたかったことにたどり着いた。其角は逸る気持ちを宥め、さりげなさを装って、確かめた。

「いい買い物をした大店の旦那とは、誰だ」

「左内町の人形問屋、吾妻屋さんだ」

左内町は、日本橋の東南にあたる。人形の他にも、屏風に錦絵、小間物と、色々扱っている店で、辰伴の話では、なかなか繁盛しているらしい。その評判を耳にし、駄目でもともと、と持ち込んでみたら、あっさり「買い取る」という話になったそうだ。

「馴染の遊女が無類の犬好きで、喜ばせてやりたい、とよ。この屏風画なら、犬を飼ってる気分になれるだろうと、褒めて頂いてねぇ」

辰伴が、しゅるりと鼻の下を人差し指で擦った。

「捨てる神あれば拾う神ありって言うけどな。いいお人だよ」

しみじみ言ってから、また少し荒んだ眼になって、町狩野は続けた。

「そうは言っても、損したことには変わりねぇし、突き返され方も気に入らねぇ。何より、これでようやく、名をあげられるってぇ思ってたのによ」

訊いて欲しい気配を、辰伴はあからさまに漂わせている。暁雲の機嫌はますます悪くなるばかりだが、仕方ない。其角は、辰伴の望みを叶えてやることにした。

「その、『お偉いさん』というのは――」

町狩野は、少し口籠(くちごも)る素振りを見せた。

悪態を吐くのに、憚りのある相手ということか。

其角は、声を潜めて町狩野を促した。

「誰にも言わない。聞かせてくれないか」

辰伴は、更に迷う素振りを見せた。だが腹に溜まった鬱憤を吐き出したい気持ちが、勝ったらしい。辺りを確かめるように見回した後、暁雲と其角を近くへ招き寄せ、囁いた。

「天下の公方様御生母、桂昌院様だ」

桂昌院。徳川宗家三代当主、家光の側室にして、五代当主、綱吉の母だ。

思わず、其角は暁雲を見た。

案の定、天敵の名が出たことで顰め面が酷くなっている。辰伴は自分の憤りに夢中なのか、暁雲の様子にも気づかず、捲し立てている。

「顔見知りの表狩野、っていっても傍流だがよ。そいつから、金になる仕事があるが、受けねぇか、と話を持ちかけられた。詳しく聞いてみりゃ、何と桂昌院様が戌年生まれの公方様の御為に、縁起の良い『生きているような子犬』の屏風を、御所望だってぇじゃあねぇか」

表狩野、とは御用絵師を務める狩野家でも一番格が上の絵師だ。その表狩野ではなく、敢えて町狩野にと望んだのは、堅苦しい御用絵師が描く取り澄ました犬ではなく、町場の生き生きとした子犬の画がよいから、だという。

とはいえ、あまり下世話にしてはならないと、犬の顔つきや仕草、周りの景色などで辰伴は大層苦心をした。貧相な屏風でもいかんと、蓄えを全て吐き出し、借財もして、金銀含めた良い絵の具を揃えて惜しまず使い、経師（きょうじ）には「金に糸目はつけない」と頼んで、屏風に仕立てた。

辰伴は、御用絵師になろうとは思っていない。そういう筋の出ではないから、望んでも無駄な話だ。ただ、「公方様御生母から注文が来た」という肩書があれば、この先、良い仕事の話が舞い込んでくるに違いない。

そう思った。だから、力も気も、金もつぎ込んだ。

出来が良ければ、画の代金とは別に、掛かった道具や絵の具の代金も支払ってくれるという話も、辰伴のやる気を掻き立てた。

会心の出来だった。

これなら、間違いないと思った。

なのに、顔見知りの表狩野を通して、屏風は戻された。

気に入らぬ訳は、こうだ。

本当に生きているようで、気味が悪い。

辰伴は、馬のような鼻息を吐き出した。

「生きてるように見えないってんなら、諦めもつく。俺の腕がなまくらだったってこった。修業のための高い代金を払ったと思やあいい。けどよ、注文通りに仕上がっていた画を、

『注文通りに仕上がり過ぎた』からって突き返すなんざ、いくら公方様の母君でも、そんな無法が許されるのかってぇ話よ。おまけに、『画は要らぬのだから、絵の具代も道具代も払わぬ』、と来た」

辰伴の手に残ったのは、豪奢に過ぎる屏風と借財、それに「公方様御生母から屏風を突き返された絵師」という有難くない肩書。

藁にも縋る心地で訪ねた吾妻屋の主が屏風を甚く気に入り、吉原で一、二を争う置屋、『大黒屋』に飾られることになって、かろうじて面目は保てた。借財も、吾妻屋が買い取ってくれた金子で返すことができた。

だが、こつこつ貯めた蓄えの分は僅かしか戻らず、理不尽な注文の反古で、次の仕事に取り掛かる気も起こらず、で、すっかり腐っていたところへ、暁雲と其角が訪ねてきたという訳だ。

腹に溜まっていた憂さを残らず吐き出して、すっきりしたのか、辰伴は上機嫌で言った。

「二人と話して、なんだか描く気が湧いてきたよ。またきっと、訪ねてくれや。今度は三人で一杯やろうぜ。そうだ、『大黒屋』へ行くことがあったら、どんな風にあの屏風が飾られているのか、確かめてくれねぇか」

現金な辰伴に愛想笑いで頷き、不機嫌な暁雲を促し、其角は町狩野の庵を後にした。

其角の住まいに戻り、日暮れにはまだ間があるが、広縁で酒を呑み始めた。それでも、暁雲は黙り込んだままだ。

其角は、零れかけた溜息を呑み込んだ。友の不機嫌の理由は分かっている。だから、かえって声がかけられないのだ。

暁雲が抱える「昏がり」は、画が纏うものの他にもうひとつ、ある。それが、桂昌院にまつわることだ。「当代公方の産みの母」の話が出るたび、決まって暁雲は昏く荒んだ気配を纏い、口を噤む。

町人ゆえの気楽さを使い、戯れ唄や狂歌の皮肉で紛らせるような、軽い憤りではない。暁雲は、桂昌院を憎んでいる。

二人が知り合いか否か、どんな経緯があるのか、其角は知らない。

あからさまに不機嫌になる癖に、暁雲は桂昌院のことを口にしない。おまけに、「訊くな」という気配を遠慮会釈なく放って、委細を確かめたい其角の気持ちを封じるのだ。

だから、なぜ暁雲が桂昌院へ昏い想いを抱えているのか、見当もつかない。

けれど、其角には分かった。

暁雲は、いずれ何かを仕掛けるつもりでいる。それほど、桂昌院に腹を立てている。

それが心配で、其角もまた、桂昌院にまつわる話を、暁雲になるべく聞かせないようにしていた。

なのに、あんな場でその名を聞くとは。一体どんな巡り合わせか、桂昌院の名が暁雲を呼びでもしたか。

暁雲の方も、何の勘が働いたのかと、驚きを通り越して呆れてしまう。

天敵の名が出る少し前から、友は酷く不機嫌になった。

そして未だにこの有様(ありさま)だ。

それにしても、今日の友の不機嫌さは、ただ事(ごと)ではない。桂昌院の名が出るたびに昏い翳(かげ)を纏っていた暁雲だが、これは飛び切りだ。

その理由(わけ)を今日こそ確かめたい思いと、ここは話を逸らして友の気分を変える方が良いという考え、二つが其角の中でせめぎ合っていた。

夜を前に、紫を孕んだ青い小さな蝶が、ひらひらと飛んできて、花海棠の花の陰に止まった。よく見かける、この庭を塒(ねぐら)にしている奴だ。

日暮れ時になると、決まってああして、花海棠の枝へ戻ってくる。花のある季節でもない季節でも、其角の花海棠の花陰や葉の陰を使って休む。冬に枝の色に紛れた蛹(さなぎ)を見つけることもあるから、代替わりしているのか、違う蝶なのかは分からないが、ともかく其角の庵はこの蝶にとって居心地のいい塒で、あの蝶と自分は、気が合うようだ。

「ルリシジミだな」

ふいに、暁雲が呟いた。

其角は、いきなり口を利いた友に戸惑った。暁雲が「ルリシジミという蝶だ」と、繰り返す。

「へぇ。ルリシジミというのか。さすがは絵師、詳しいな」

暁雲の気を桂昌院から逸らすきっかけが、できそうだ。

其角がほっとしたのも束の間、暁雲が満開の花海棠を見据えながら、吐き捨てた。

「あの女のやりそうなことよ」

「暁雲」

あの女呼ばわりは、止めておけ。

そういうつもりで其角は友の名を呼んだが、暁雲は知らぬ振りで、独り言のように続けた。

「この屏風騒ぎは、ものが屏風だっただけ、少しはましだが、それも偶さかよ。これが、犬猫でも女子でも、あの女の仕打ちは同じだ。飽きた玩具、意に沿わぬ玩具を無造作に放り出した陰で、どれ程の者が泣くことになるのか、顧みようともしない」

なぜ、急に話す気になった。桂昌院様との間に、何があった。

咄嗟の問いを、其角は既のところで呑み込んだ。

訊かない方がいい。暁雲の気を、桂昌院から逸らした方が良い。

其角は強くそう感じた。

勘に任せるなぞ、暁雲のようだ。桂昌院と暁雲の関わりを知る、千載一遇の好機かもしれないのに。

微かな未練を抱えながら、其角は明るい声で話しかけた。

「吾妻屋、気にならないか」

長い、長い間を置いて、暁雲が庭の花海棠から其角へ視線を移した。

夢から覚めたような、心許なげな顔をしている。それからいつもの悪戯な眼になって、

「そりゃあ、なるさ」と答えた。

其角は、安堵の溜息をさりげなく堪えた。涼しい顔を取り繕い、思案を吾妻屋と『大黒屋』へ向け直し、呟く。

「町狩野の話を聞く限り、吾妻屋の主の人となりは、悪くなさそうだ。『大黒屋』はなぜ、吾妻屋が画の贈り主だと隠しておきたいのか」

暁雲は考え込む其角の顔を、愉しげに見つめている。先刻までの「昏がり」は、気配すらない。

このまま、『動く子犬の屏風』と吾妻屋に暁雲の気を向けておけたら。そう考えた時、ふと閃いた。

「直に、話を聞いてみるか」

其角の呟きに、

「お、いよいよ動くか」

と、暁雲は身を乗り出した。其角が応じる。

「『大黒屋』は吾妻屋に関して知らぬ振りだ。初音さんが消えたことも、吾妻屋に伝えているとは思えない」

「おお。恐らく、知らんだろうな。あるいは、風の噂に、何か聞いているかもしれないが」

「安くはない屏風を贈る仲の遊女のことだ、知らないままは気の毒だと思わないか」

うん、うん、とばかりに暁雲が笑っている。其角がそろりと、申し出た。

「でも、狂雲堂と『大黒屋』が気まずくなるのなら、やめておく。その、『大黒屋』が黙っていることを、敢えて吾妻屋に伝えるのは」

暁雲は目を丸くし、すぐにからからと、気持ちのいい笑い声を立てた。

「其角は、『豪放磊落』な癖をして、妙なところに細やかだな」

其角の「豪放磊落」は、暁雲の真似、上辺だけと知っていて、意地の悪いことを言う。

「放っておいてくれ」

顰め面で、其角は言い返した。暁雲が、其角の気懸りを明るく笑い飛ばした。

「何、心配はいらぬよ、其角。俺たちは、『大黒屋』と吾妻屋の間に、蟠（わだかま）りがあることに気づかなかった。ただ、花房太夫のたっての頼みで、話を聞きに行き、偶さか消えた初音さんのことに触れた。それだけだ」

其角は、気の抜けた思いで友の顔を眺めた。

「暁雲は、存外腹黒だ」

「何だ、今頃気づいたのか」

からかい口調の友に、こちらも澄まして言い返してやる。

「いいや。実は前から知っていた」

次の日の午前（ひるまえ）――其角は、また暁雲にからかわれるのが悔しくて、意地になって早起きをした――に、左内町の人形問屋、吾妻屋を訪ねた。

店へ入る間際、暁雲が足を止め、来た方を振り返った。

「どうした」

訊いた其角に、少し間を置いて暁雲は首を振った。

「誰かがこちらを見ている気配がしたんだが。気のせいだろう」

其角も、暁雲の見遣った方を確かめたが、こちらを窺(うかが)っている奴は見当たらない。

「誰もいないぞ」

言った其角に、暁雲はにやりと笑った。

「お前の寝間のお不動様がついて来たのかもしれんな」

ぎくりとして、すぐに気づいた。また、からかわれた。

文句を言う前に、さっさと店へ入って行った暁雲を、其角は急いで追った。

まず目に飛び込んできたのが、大振りな武者人形だ。次の節句は「端午」だから、目玉の売り物なのだろう。その奥、脇には屏風や衝立などの大物、壁の棚に並ぶのは壺や茶碗。床に積み上げられている底の浅い木箱の中身は、簪(かんざし)や紙入れ、煙管に煙草入れ、というところか。雑多なものを商う様子は、辰伴が言った通り、人形問屋というより小間物屋だ。

其角は少し迷って、「『大黒屋』の使いの狂雲堂、狂雷堂」を名乗った。

『大黒屋』との蟠りの程によっては、追い返される恐れもあったが、吾妻屋の主がどう出るかを、見たかった。

取次ぎを待つ間、店の様子を細かく確かめる。

吾妻屋は、人形問屋の大店だ。にも拘らず、人形師を抱えている訳ではないらしい。職人の作業場や、作りかけの首(かしら)なぞが見当たらない。

雑多なものを扱っているのに、店は小綺麗に片づけられていた。奉公人にも躾が行き届いているようで、皆、きびきびしながら決して雑ではない、気持ちのいい働きをする者ばかりだ。硬い顔、おどおどしている眼は、ひとつもない。いきなり主を訪ねてきた、「折り合いの悪い相手の使い」を名乗る客にも厭な顔ひとつしない。

暫くして、其角達を店のすぐ奥、六畳の客間へ案内した番頭だけは、少し様子が違っていた。

番頭の人柄が良くないと言う訳ではない。しっかり躾けられ、弁(わきま)えているのは手代や小僧と同じだ。

ただ、声や背中の硬さ、時折覗く刺すような眼差しから、其角と暁雲に対して、微かな蟠りがあるように感じる。

あからさまに目を合わせないようにしている番頭から、何か聞き出せはしないか。

其角の思案を読んだように、暁雲がからりと明るい声で、話しかけた。

「番頭さん」

「何でございましょう」

呼びかけに答えながら、番頭は頑なに目を伏せている。

「『大黒屋』さんは、御存じですかな」

「奉公人ごときが、吉原なぞへ行けるものですか」

その答えには、はっきりとした険があった。其角は遣り取りを暁雲から引き継いで訊いた。

「こちらの御主人は、あちらの初音さんに高価な屏風をお贈りになるほど懇意だったのでは。色々なお手配も番頭さんがなさったのではありませんか」

「それは、旦那様の御指図ですから。『大黒屋』さんでしたか。とんだ疫病神のいる妓楼でございますよ。どこの馬の骨とも分からない女が大事な旦那様をたぶらかしただけでは飽き足らず、お顔に泥を塗った」

溜まっていたものを吐き出すように捲し立ててから、しまった、という顔をして、番頭はそそくさと六畳間を後にした。

其角が、番頭の恨み振り、一言一句を心に刻んでいると、庭を隔てる障子の桟を、何かがかりかりと引っ掻く音がした。

晩雲と顔を見合わせる。今度は、ぼす、という乾いた音と共に、障子紙を破って、丸く白い顔が飛び込んできた。

小さな間の後、暁雲が笑った。其角も噴き出した。

暁雲が立って行って、障子の後ろから白く丸い顔の主、ころころとした子犬を抱き上げ、連れてきた。

「お前、障子を破っては、あの怖い番頭さんに叱られるぞ」

子犬は大層人懐こく、くるりと巻いた尾を千切れそうなほど振り、暁雲の手を舐めたり袖口を食んだり、身を乗り出して其角に愛想を振りまいたりと、忙しい。

「『屏風の子犬』に似てるな」

其角の呟きに、暁雲が「ああ」と応じる。

飼い犬と似ている画に惹かれて、主はあの屏風を辰伴から買い受けたのだろうか。

思案を巡らせているところへ、今度は正真正銘、人の気配が近づいてきた。

「お待たせいたしました」

現れたのは、優しげな顔立ちの痩せた男だ。歳の頃は三十そこそこ、大店の主にしては若い方だろうか。黄唐茶の柔らかな色合いをした小袖、共の羽織は、この男に良く似合っているが、痩せている分、着物の中で身体が遊んでいる感は、否めない。

主というよりは、店を手伝い始めた若旦那、という風情だ。

名乗るより先に、子犬が巻き起こした客間のちょっとした騒ぎに眼が行ったようだ。

言葉を失ったように固まり、すぐに我に返った。

「これ、雪丸。お客人に失礼だよ。それに、ああ、また障子を破いて。番頭さんに叱られるぞ」

すかさず、暁雲が大真面目に「案の定、だ」と呟いたので、其角は笑いを堪えるのに酷く苦労をした。暁雲の膝の上が気に入った様子の子犬、雪丸を、主が引き剝がすまでひと悶着、それから女中を呼んで雪丸を連れて行かせると、急に客間が静かに、そして寂しくなった。

主がこほん、と空咳をひとつ、其角と暁雲の向かいに腰を下ろし、軽く頭を下げた。

「ご挨拶が遅れました。主の善右衛門と申します。飼い犬がご厄介をおかけして、申し訳ありません」

暁雲は、相変わらず其角に遣り取りを丸投げするつもりらしい。其角が善右衛門に名乗り返した。

「こちらは幇間の『狂雲堂』、私はその手伝いの『狂雷堂』と申します」

柔らかく微笑んで、吾妻屋の主は穏やかに言い直した。

「絵師の多賀朝湖先生、蕉門きっての俳諧師、宝井其角先生でいらっしゃいますね。御高名は聞き及んでおります」

素振りには出さないが、吉原、『大黒屋』に蟠りがない訳ではないようだ。幇間とその手伝い、つまり『大黒屋』に繋がる者として、顔を合わせている訳ではない、と言いたいのだろう。

其角は善右衛門の言葉を、そんな風に捉えた。まずは早々に、知りたかったことの粗方が分かった。

こちらも、内心の見立てをおくびにも出さず、笑って応じる。

「多賀朝湖はともかく、私は先生と呼ばれることに慣れておりません。どうぞご勘弁を」

善右衛門は、やはり穏やかな仕草で頷いた。

「では、其角さん。御用向きは何でございましょう。何でも、『大黒屋』さんからの言伝(ことづて)がおありと、伺っておりますが」

其角は、こめかみを人差し指で掻いた。快活な照れ隠しにとれるように、お人好しに見えるように。

「それは、その。ただの方便です。『大黒屋』さんの名をお借りした方が、すんなりお会い頂けるのではないか、と」

音もなく、善右衛門が笑った。少し荒んだ色で、ほんのりと安堵したように。

「やはり、そうでしたか。『大黒屋』さんから手前に、今更何か御用があるとは思えませんでしたので」

「と、おっしゃいますと」

すかさず、其角は吾妻屋の主を促した。こんなことをわざわざ口に出すのは、あの町狩野と同じく、話を聞いて貰いたいからだ。

案の定、するりと善右衛門が答えた。

「手前は、『大黒屋』さんから出入り差し止めを、言い渡されておりますので」

束の間、其角は言葉に詰まった。すぐに、苦笑を取り繕って応じる。

「それは、穏やかではありませんね」

「致し方ございますまい。手前は、吉原御法度の『浮気』をしたのだそうですから」

「だそう、とは、それが真実（まこと）ではない、と」

ううん、と他人事のように小首を傾げ、善右衛門は答えた。

「少なくとも、手前には身に覚えがございません」

「それは――」

詳しい経緯を訊こうとしたところに、珍しく暁雲が口を挟んできた。

「酷い仕打ちを、されませんでしたか。例えば、髷を切られる、さらし者にされる」

その言い振りは、労りに満ちていた。其角と異なり、偽りのない労りだ。暁雲はそういう男である。

それを察したか、善右衛門が初めて、打ち解けた笑みを浮かべた。

「幸い、それはご容赦頂きました。馴染だった初音が、止めてくれましたので」

浮気をされた当の遊女が、男を庇った。吉原お決まりの「見せしめ」までは、『大黒屋』も憚られたとみえる。

遠い目をして、善右衛門が打ち明ける。

「可愛い、女です。あとひとつ、二つ、大きな商いが纏まりましたら、請け出して女房にしようと考えておりました」

その言葉ひとつ、継ぐ息ひとつに、初音への想いが滲んでいる。其角は訊いた。

「それが、どうした訳で、浮気という話に」

善右衛門は、力なく頭を振った。

「浮気相手の遊女へ送った文が証だ、と言われたのですがね。手前には、そんなものは全く覚えがない。さっぱり、訳が分かりません」

吾妻屋の主がすっかり萎れてしまったので、其角は軽く話を逸らすことにした。

「繁盛なさっておいでのようだ」

店先の方へ視線を向けながら、善右衛門に水を向ける。

「なかなか、厳しゅうございますよ」

答えとは裏腹に、善右衛門の声にはゆとりが感じられた。其角が笑って切り込む。

「番頭さんから小僧さんまで、いい顔をしておいでだ。店が活気に溢れています」

どうにも落ち着きがなく、お恥ずかしい話で、とは照れ隠しの台詞で、内心はまんざらでもないだろう。

「職人さんは、お抱えになっていない」

其角の問いに、善右衛門が「ええ」と、頷いた。

「掘り出し物を見つけるのが、楽しみでございましてね。外の職人を回っては、手前好みのものを探しております」

「それで、小間物やら屏風やらも、扱っておいでなんですね。それにしても、自ら売り物探しとは、何とも働き者の御主人だ」

「番頭の次兵衛には、雪丸と同じ程、よく叱られます」

声を潜め、首を竦める仕草は、まるで子供だ。

不思議な主だ。

其角は、考えた。見た目はまだまだ頼りない若旦那で、邪気のない童のような顔も見せる。なのに、奉公人にも店にも、目立った隙がない。

あの番頭の手腕ではあるまい。胸の裡に何を抱えているかは知らないが、主の客に対して棘を見せるようでは、商人としてまだまだ甘い。

ふんわりとした気配で、それと知らせず座を引き締め、纏め、統べる。

人となり、人当たりは異なるが、暁雲に通じるところがありそうだ。

また、善右衛門の目利きも、店の繁盛具合、置いてあった人形の出来、何よりあの『子犬の屏風』からして、間違いないものなのだろう。

吾妻屋はいい主を頂いているな。

感心しながら、其角は話の筋を少しずつ元へ戻し始めた。

「先だっても、いい買い物をなさったようで」

何の話だ、という顔で、善右衛門が其角を見遣る。にっこり笑み返し、其角は切り出した。

「初音さんにお贈りになったという、『子犬の屏風』です。先だって見せていただきました」

さて、どう出る。

軽く身構えた其角は、肩透かしを食らった。今日一番の笑みを、善右衛門が見せたのだ。

「そうですか。あれをご覧になりましたか。あの屏風は、運が良かった。描いた絵師から持ち込まれたものなんです。一目見て、子犬のあどけなさに魅せられてしまいましてね。犬好きで、吉原へ身を沈める前は実家で飼っていたという初音が、喜ぶだろうと。あれを贈った後、初音の喜んだ顔を見たくて逢いに行った時に、浮気をしたと責められてしまいましたから、どうなったのか心配していました」

そうですか、とじんわり嬉しそうに、善右衛門は繰り返した。

「初音は、あの屏風を大切にしてくれていますか。『大黒屋』さんに取り上げられなかったのは、よかった」

其角と暁雲は、ちらりと目を見交わした。

善右衛門は、何も知らないのか。となれば、嬉しそうな善右衛門には、少しばかり切り出し辛い話だ。

「それは、いつの話ですか」

堪らず、其角は話を逸らした。逸らしたというより、肝心なことを知らせるのを遅らせた、という方が正しいかもしれない。

「それ、とは」

「初音さんに屏風を贈った日。その後、吾妻屋さんが、その、初音さんに逢いに行った日、です」

どうして、そんなことを訊くのだろう、という風に善右衛門は其角を見たが、すぐに、

「ええと、あれは確か」とひとりごちてから、店先へ声を掛けた。

「番頭さん。一番新しい大福帳を持って来ておくれ」

只今、と応じる声の後、程なくして次兵衛が現れた。

「旦那様。こちらでよろしゅうございますか」

大福帳を手渡す折に、番頭がちらりとこちらへ向けた視線には、やはり小さな棘があった。

「うん、ありがとう。何かあったら呼んでおくれ」

主と其角達との遣り取りが気になるのだろうか、立ち去り難そうな素振りを見せたものの、番頭は「畏まりました」と頭を下げ、大人しく店へ戻って行った。

小さく呟きながら、善右衛門が大福帳を捲る。商い、金の遣り取りを記した、大切な帳面だ。

「辰伴さんから屏風を買い取ったのが、ひい、ふう――」

もごもご独り言を繰り返していた善右衛門が、明るい声を上げた。

「ああ、あった、あった。ありました。十と八日前ですね。それからすぐに、吉原へ届けさせましたから、初音の手元に屏風が届いたのも、同じく十と八日前。次の日、『嬉しい』と文が来まして。それから、四日後(のち)です。浮気騒動が起きたのは」

其角が憚った「浮気」という言葉を、当人が無造作に口にしたことに、微かに戸惑う。もっとも、自分がその言い回しを使っていたら、怒らせていたかもしれない。俳諧と、暁雲に対する物言いの他は、言葉の選びようがつくづく難しい。

「そう、ですか」

先刻の善右衛門よろしく、其角はもごもごと応じながら、花房太夫の話を思い出し、頭の中で足し引きをした。

善右衛門が浮気の咎(とが)で出入り差し止めとなってから、二日の後だ。

初音が姿を消したのは。

「あの、それが、何か」

そろりと、善右衛門が訊いてきた。もう、先延ばしにできない。

其角が口籠ったのを見て、暁雲が静かに先を引き取ってくれた。

「今、『子犬の屏風』は初音さんの手には、ありません」

え、と呟き、善右衛門があらゆる動きを止めた。暁雲が続ける。

「一度、別の格子の手に渡りましたが、今は花房太夫に預けられています」

肝心な話をしないと、吾妻屋さんは萎れるばかりだぞ。

其角ははらはらと、友を見遣った。暁雲は、石になってしまったような善右衛門へ、淡々とことの次第を伝える。

『屏風の子犬』が動くと噂になっていること。動くところを見たという女が、次々と姿を消していること。そして、その中に初音が含まれていること。

「初音が、姿を、消した」

ざらざらと、喉に絡む声で善右衛門は呟いた。次いで我に返ったように、暁雲を見る。

「あの、初音は、どこへ。無事でおりましょうか」

「それは、まだ」

花房太夫には、気休めだろうと勘だろうと、「新造は無事だ」と言ってやった癖に、随分冷たい。けれど、其角は自分でも酷いことを口にしようとしている。下っ腹に力を入れて、切り出した。

「初音さんの行方、吾妻屋さんは御存じでは、ありませんか」

「どういう意味です」

本当に、其角の言葉の意味が分からない。そんな顔だ。其角は畳み掛けた。

「巷や大門裡の他の妓楼、揚屋では、『神隠し』だと噂になっています。ただ、『大黒屋』で囁かれている話は、少しばかり違う」

「それは――」

「子犬が動いたところを見た遊女は、足抜けができる」

「其角さん」

厳しい声で、善右衛門が其角を呼んだ。構わず続ける。

「吾妻屋さんの浮気が、真実かどうか、お話を聞いたのみでは分かりません。けれど、『大黒屋』でそういう話に落ち着いている限り、初音さんの身請けは、叶わない。違いますか」

吾妻屋の主は、少し長い間を置いて、「つまり」と切り出した。其角がたじろぐほど、落ち着き払っている。

「手前が、初音を足抜けさせ、匿っている。そのためにあの屏風を贈った。お二人は、そうおっしゃりたい」

いいえ、と其角は首を振った。

「それでは、辻褄が合わない。屏風を贈った頃、吾妻屋さんは『大黒屋』さんと揉めておいではなかった。足抜けの噂も、初音さんが消えた後の話です。だからといって、消えた初音さんに吾妻屋さんが関わっていないとは、言えませんが」

時を掛けて、善右衛門は息を吐き出した。

意を決したように、「私は」と口を開く。自分を「手前」と言っていたそれまでと、何かを切り替えたような気配がした。

「私は、初音を陽の当たるところに出してやりたかった。籠の鳥から、ありふれた町場の女に戻してやりたかった。そうして、私の傍らにいてくれたら。笑ったり、たまには怒ったりしながら、ゆっくり、穏やかに、二人で歳をとっていけたら。そう願っていたんです。なのに、足抜けなぞさせたら、元も子もない。私が出入り差し止めとなってからは、『身体を壊さないよう気をつけて、年季が明けるまで辛抱する』、そう決心していた、健気な女です。そんな初音を、今よりもっと暗闇に落とし、逃げ隠れする暮らしを強いるくらいなら、『大黒屋』に置いておいた方が、幾倍もましだ」

善右衛門の言葉には、迷いも、痩せ我慢も感じられない。

其角は、俯いて小さく笑った。

「それを伺って、安心しました」

呟いてから、居住まいを正し面を改め、頭を下げる。

「不躾を、ご容赦下さい。腸が煮えくり返る思いをなすったことでしょう。どうぞ、この通り」

顔を上げると、善右衛門は目を丸くして其角を見つめていたが、やがて、困ったように微笑んだ。

「其角さんが、詫びることではないでしょうに。お二人は、初音を探して下さっておいでなのでしょう。だから、神隠しを起こす物騒な屏風を初音に贈った私に、会いにいらした」

違いますか、という風に、善右衛門が小首を傾げる。

その仕草は、やはりどこか童めいていて、ともすると大店の主だということも、吉原で一、二を争う置屋の遊女を身請けし、女房にしようとしていた一端の男だ、ということも、忘れてしまいそうになる。

其角は、軽く頭を振って、散った気を『子犬の屏風』と神隠し騒動へ集め直した。

「『大黒屋』さんの使い、というのは、実はまるまる方便ではありません。初音さんやいなくなった遊女を気に掛けているお人が、あの置屋においでで。その方の頼みで、まあ、色々調べているという訳です」

「初音の他に、誰が神隠しにあったのでしょう。お二人に初音達のことを頼んで下すったになる。

の男を疑ってはいないが、言い分をすぐに鵜呑みにする訳にもいかない。あの番頭も、気

其角は、言葉を濁した。善右衛門が少し寂しげな眼をして其角を見返す。其角も既にこ

「いなくなったのは、あと二人。頼み主は、『大黒屋』のあるお人、とだけ」

のは、一体どなたです」

下手な種明かしは、しないに限る。

其角は、遣り取りの流れを元へ戻した。

「吾妻屋さんは、あの屏風のそもそもの注文主を、御存じで」

ええ、と善右衛門は頷いた。

「何でも、出来が良すぎて気味が悪いと言われたとか。理不尽な話です。注文主と同じ代金で買えなかったのが、申し訳なくてね」

「それでも、辰伴さんは、喜んでいましたよ」

え、という顔を、善右衛門がする。

「お会いになったのですか」

「ええ。あの屏風を初音さんへ贈ったお人を知りたかったので」

そこへ、暁雲が割り込んできた。

「吾妻屋さんは、あの子犬が動くところを、ご覧になりましたか」

いきなり変わった話に、善右衛門は戸惑った顔をした。

「屏風の子犬が、ですか」

困ったように繰り返してから、首を横へ振った。

「確かに、贅を凝らしたつくりよりも、生き生きとした子犬に眼が吸い寄せられました。まるで生きているようだとも。けれど、画の犬が動くなんて、そんな馬鹿な」

暁雲が、更に訊く。

「あの子犬、屏風の中からこちらを眼で追って来たでしょう」

「あ、ええ。そうですね。けれど、聞かない話ではない。描き方に工夫があるのだと、辰伴さんも言っていましたしね」

友は、何が知りたいのだろう。其角が友を見遣った時、番頭が六畳間へ転がるようにしてやってきた。

「旦那様。一大事でございます」

血相を変えた番頭を、善右衛門が「お客人の前ですよ、番頭さん」と窘めた。その落着き、静かな気迫は、大店の主そのもので、其角は改めて善右衛門を、面白く見遣った。

くるくると振る舞いが変わる、猫のようだ。

一方の番頭は、これは失礼を、と等閑（なおざり）に詫び、すぐに主へ向き直った。

あの、とひっくり返った声を宥めるように唇を舐め、生唾を呑み込み、番頭は昂（たかぶ）る気持ちを抑えきれない様子で告げた。

「あの千里が、死んだのだそうでございます——っ」

其角と暁雲は、番頭の次兵衛がもたらした知らせを確かめるべく、吾妻屋を後にした。

暁雲が其角を連れて向かったのは、吾妻屋から七町程西北、常盤橋(ときわばし)を渡った南にある、北町奉行所だ。

狂雲堂の呼び出しに応じて出て来たのは、茶の肩衣(かたぎぬ)に平袴(ひらばかま)姿の役人。与力だ。狂雲堂と懇意らしく、あっさりことの次第を教えてくれた。

その与力、田沢(たざわ)の話によると、『大黒屋』の格子、千里の骸が見つかったのは、下槙町(しもまきちょう)の楓川(もみじがわ)だそうだ。左内町の吾妻屋から楓川沿いに西南へ三町余り、目と鼻の先と言っていいだろう。

見慣れない古ぼけた猪牙が、朝から陸(おか)に舫(もや)われていたのだという。いつまで経っても、誰かが取りに来る様子がない。初めは皆、大して気にもかけていなかったが、午を過ぎた辺りから、どこのどいつの猪牙だ、筵(むしろ)に包まれた荷らしきものも気になる、という話になった。

猪牙に荷を積むなぞ妙だと怪しむ者、他の船の往来の邪魔だと言う者も、出始めた。

ああでもない、こうでもないと取沙汰した挙句、とにかく荷を確かめようと、なった。

高価な物なら一大事だし、もしかしたら荷から持ち主が知れるかもしれない。

荷足船の大柄な船頭が、猪牙に乗せた荷の筵を、いささか手荒く剝がした。

大柄で豪胆、乱暴者と評判の船頭が、猪牙から飛びのき、水際で腰を抜かした。

危うく楓川へ転がり落ちそうになったところを、周りの連中が腕を摑んで止めた。

船頭を助けた男達も、皆声を失くした。

筵の下には、派手な身形をした女の骸が横たわっていた。

華奢な首に塗られた白粉が擦れた下から、赤紫の横筋の痕が覗いている。

なのに、華やかな小袖も太めの帯も、髪に挿した櫛さえ、乱れた様子がない。

紅を刷き、首と同じく丁寧に白粉が塗られた美しい面は、まるで極楽を見たかのように、幸せそうに微笑んでいた。

駆けつけた同心、目明したちは、薄ら寒いと、口を揃えたそうだ。

『まあ、あれだな。酷ぇ有様の骸ってのも楽しいもんじゃねぇが、笑った死に顔ってのも、ぞっとしねぇ。そういうこった』

田沢は、そう締めくくった。

北町奉行所から、千里が見つかった下槙町へ向かう間、其角は幇間になったつもりで暁雲に話しかけ続けた。

吉原の女達とは浅からぬ縁があるる友だ。加えて、花房太夫の頼みも、叶えてやれなかった。よく笑い、容易く涙し、深く悲しむ暁雲は、千里の死に胸を痛めているだろう。行方の分からない二人も、どうしたって千里と重なる。

其角は、暁雲の心を少しでも引き立てようと考えた。

「幇間になったつもり」といっても、人がひとり死んだという知らせを受けたのだ、浮かれる訳にはいかない。だから、夢中でこの一件に思案を巡らせ、考えが纏まった先からそれを口にした。

其角の思案に耳を傾けるのを、暁雲はことのほか愉しんでいるからだ。

「やはり、大門の外へ出ていた」

と投げかければ、友は穏やかに「そうだな」と受けた。

「一体、どうやって、外へ出たんだろう」

其角の独り言めいた問いに、暁雲が律儀に答える。

「手引きをした奴がいる、ということだろうな」

「女ひとりで会所の目を晦ますのは、やはり無理か」

誰かが千里を連れ出して手に掛けたと考えれば、すんなり筋が通る。だとすれば、他の二人の辿る道も同じだと、なおさら思えてくる。

ぽつりと、其角は呟いた。

暁雲に向かって口にするのは、憚られる推量ではあったけれど。

「『屏風の犬』が動くことが、何かの合図だった」

「女達が、みんな足抜けを企んでいた。其角は、そう考えているのか」

ほんのりと厳しさの混じる暁雲の問いに、其角は内心ぎょっとしたものの、努めて平静を装った。

「ないとは、言いきれない」

「みゆきさんは、半人前の新造だぞ」

「一本立ちして客を取るのが、恐ろしくなった。そういうこともある」

「ならば、其角が花房太夫に確かめてみろ。みゆきさんは、一本立ちの覚悟ができていない様子だったか、自分付きの新造の心裡に、太夫は気づかなかったのか、とな」

物言いは穏やかだが、手厳しい言葉の選び様が、暁雲らしくない。

少し間を置いて、其角は音を上げた。

「私に、当たらないでくれ」

「当たってなぞ、いない」

むっつりと言い返した友は、微かにばつが悪そうだ。

其角は、話を逸らすことにした。

「辰伴の話では、屏風の画に派手な仕掛けはしていないそうだけど、朝湖先生は、どう見る」

今度は、暁雲がほんの僅か、黙りこくった。

「仕返しか」と、訊いた声はなんとも情けないもので、其角は笑いを嚙み殺した。

「何の話だ」

「其角に先生呼ばわりされるのは、どうにも居心地が悪い」

気にするな、と茶化し半分で往なしてから、話を戻す。

「で、どうなんだ」

「少なくとも、画自体に動く仕掛けは、見当たらなかった」

そうか、と応じてから、其角は話を更に変えた。

「気づいたか、あの番頭」

「次兵衛という名だったな」

「私達を、刺すような目で見てた」

「それはそうだろう。店の主人に恥を掻かせた連中の使い、と名乗ったんだ」

「それだけじゃない。千里を前から見知っている、そんな口ぶりだった」

「そうだったかな」

「死んでいい気味だ、とでも言いたそうだった」

「其角」

暁雲の言いたいことは、分かる。死んだ者に鞭打つ言葉を口にするな、というのだ。けれど、肝心なのはここからだ。

「千里さんが、吾妻屋さんの濡れ衣に関わってる、という線はないだろうか」

今はその話に乗りたくないが、仕方ない、という内心をあからさまに表に出し、暁雲が息を吐いた。

「其角は、吾妻屋さんの言い分を信じるのか」

暁雲は遊女の肩を持つのか。だったら浮気をされた初音の面目は、どうなる。千里と同じ遊女だぞ。本当に浮気をされたのだとしたら、気の毒だとは思わないのか。

言い返してやろうか、とも思った。

だが、絆されやすい暁雲が、死んだ千里と、身請けをしてくれるはずだった男に浮気をされた初音、二人の遊女の心情の間で苦しむような気がして、其角は違う問いを口にした。

「暁雲の勘は、何と言っている」

「分からん」

「へぇ、珍しいな」

「手を、合わせてからにしよう」

ぽつりと言った暁雲が見ていたのは、楓川だった。

所在無げに舫われている猪牙へ向かう。千里の骸があったという猪牙だろう。

検分は済んだのか、役人の姿はなく、近くの連中もなんとなく猪牙を遠巻きにしている。

暁雲は、まっすぐそちらへ進みながら、道端に咲いている黄色い酢漿草(かたばみ)を幾輪も手折(たお)った。

其角も後に続く。

息を詰めて様子を窺っているような周りの視線を集めながら、暁雲は、楓川、猪牙の船(と)尾(も)の前で止まった。

手にしていた小さな花を、猪牙に向かって撒(ま)く。

粗方、猪牙の上に落ちたが、幾輪かは水面(みなも)に浮かんだ。

楓川は人の手でつくられた堀で、水の流れはゆったりとしている。川面に散った花はすぐに流れ去ることなく、ゆらゆらと揺れながら、猪牙の周りを漂った。

暁雲が、しゃがみ込んだ。

手を合わせ、深い声で呟く。

「可哀想になあ。苦しかったろうなあ。極楽を見たような顔であの世へ行ったからといって、息ができなけりゃ、そりゃあ苦しいさ。今はもう、苦しくないか。この世で縛られていた、いろんな柵(しがらみ)や欲は、手放すことができたかい」

其角は微苦笑混じりに、暁雲の丸まった広い背中を眺めた。

また、泣いている。

顔を見なくても分かった。深く穏やかな声は、はっきり分かるほど、湿っていた。

吉原の遊女の顔と名は全て頭に入っているかのような暁雲だ。きっと千里とも、言葉を交わしたことはあったのだろう。もしかしたら宴にも呼ばれていたかもしれない。けれど、消えたひとりが千里だと聞いた時の様子からして、他の遊女と比べ、取り分け深い付き合いをしていたとは思えない。

それでも、暁雲は死んだ女を哀れんで、泣く。

餌をやっていた猫が死んだと言って涙する禿と、一緒になって泣くぐらいだ。泣くかもしれないとは思っていた。だが、本当に泣くとは。成仏しろだの、殺されたのなら恨みは晴らしてやるだの、説教臭さも恩着せがましさもないのが、この友らしい。ただ、千里が死ぬ間際の心情に寄り添って、涙しているだけなのだ。

まったく、どうしようもない程、いい奴だ。

こういう時の暁雲は、放っておいた方がいい。邪魔をせず、好きなだけ泣かせてやったら、すぐに気持ちは切り替わる。

其角は、人目も憚らず、大粒の涙を零しているだろう暁雲の顔を覗き込もうとした野次馬を、きつく睨むことで追い払った。周りの者にも、静かに、放っておいてやってくれ、と身振りと目つきで伝える。

案の定、さて、と、という声が聞こえそうな程、友はあっさりと立ち上がり、其角へ振り返った。

暁雲が、ぐし、と鼻を啜り、「これから、どうする」と訊いてくる。

「鼻の頭が、赤い」

一言からかってから、其角は考えを巡らせた。

見つかった時の様子や、千里がどんな風だったのかは、既に田沢から聞かされている。野次馬やその場に居合わせただけの者から、それ以上の話は聞き出せないだろう。「極楽を見た」ような死に顔というのが、気にならないわけでもないが。

他に知りたいのは、吾妻屋の番頭の腹の裡。善右衛門の「浮気」。千里が「極楽を見たような顔」で死んでいた訳。誰が千里を大門の外へ連れ出したのか。殺されたのか、自分で首を括ったのか。殺されたのなら、下手人は。首を括ったのなら、その訳は。誰がどういうつもりで、骸を猪牙に乗せた。行方の分からない他の二人も、同じ奴に連れ出されたのか。だとしたら、二人の行方は。無事でいるのか。そして、それぞれに、どう『動く子犬の屏風』が関わってくるのか。

ううん、とひと唸りして、其角は探る順を纏めようとした。

吾妻屋の番頭の口振りからして、やはり善右衛門の「浮気」にも、千里が関わっているような気がする。ひと塊に繋がりそうな謎から解くのが、てっとり早いだろう。千里を知るにはまず当人、そして吉原だ。

暁雲が其角を呼んだ。

「千里さんの骸が運び込まれた番屋に行ってみるか。それから『大黒屋』へ」

其角は、「ほう」と応じる。

「どうして」

「気にならんのか。『極楽を見た』死に顔」

ぐっと、其角は喉を詰まらせた。暁雲は涼しい顔で続ける。

「俺達が吾妻屋の主から話を聞いたと分かれば、『大黒屋』の口も、少しは軽くなるだろう。千里さんのことを花房太夫に伝えにいかなければ、ならんしな」

さては、顔色を読まれたか。あるいは、長い付き合いだ、思案の筋道をたどられたか。

少し考えて、「それも、勘か」と訊いてみる。

暁雲は、なぜそんなことを訊く、という風に目を丸くして答えた。

「勘という程のものでもない。ただの思いつきだ」

本当は、其角より余程細かくて確かな思案を、友はその頭の中で巡らせているのではないだろうか。

それは時折、其角の胸を過る（よぎ）ことだ。けれどいつもの通り、口に出さないで済ませることにした。

当人が、思いつきだ、勘だと言うのだから、そういうことにしておこう。

「分かった。つき合う」

自分の頭の中と揃いの申し出だったことは隠し、其角は嘯（うそぶ）いた。


千里の骸は、越中橋近くの番屋に運び込まれていた。検分を頼んだ医師が遅れているとかで、見つかった時のまま、置いてあるのだそうだ。

其角が田沢から貰っておいた書付を見せ、暁雲が番屋番の男と同心の袖に小金を落とし込み、千里の亡骸を拝ませて貰う。

そっと筵をめくり、其角は言葉を失った。

聞いていた通り、極楽を見たような顔をしている。

生きていた頃の千里を其角は知らないから定かではないが、少し、顔がむくんでいるだろうか。もっとも、少しくらいのむくみなぞ気にならないほど、千里は幸せそうに微笑んでいた。

安らかに眠っている、とは明らかに違う。

目が、開いているのだ。

身に着けているのは、帯も小袖も櫛も、置屋の自分の部屋で寛いでいる時よりも、めかし込んでいるだろうか。格子の前に出る時のような、仰々しく華やかな物とは、異なっているけれど。

眼にした同心や目明しが一様に寒気を覚えたのが、分かるような気がした。

半目より少し開かれた眼は、うっとりしているようなのに、小さな血の点が濁った白目に浮いている。

華奢で長い首に塗られた白粉は、首を絞められた跡に沿って、擦れ、縒れ、剝げてしまっていた。そこから覗くのは、布か何かの捩れた形まではっきり見て取れる、喉の辺り、真横に引かれた、赤紫の跡。

首と目だけが酷く痛々しい、極楽を目の当たりにした骸。

骸を見慣れている者でも、寒気を覚えるだろう。

そっと、首に残った筋を後ろまで覗き込んで確かめる。咎めようとした同心を、暁雲が宥めてくれた。

首の近くに顔を寄せると、粉っぽい化粧の匂い、僅かに漂い始めている死の匂い、それからほんの微かだが、甘酸っぱい匂いが、其角の鼻の奥をつんと刺した。

どこかで嗅いだことのあるような。

ちらりと何かが頭の隅を過ったが、はっきりしたものは浮かんでこない。きっと、吉原の女達が使う、変わった香か匂い袋の匂いだろう。

すぐに起き上がって、今度は爪を確かめる。首にはもがいた時につく爪痕はない。爪自体も綺麗なものだ。

千里の骸に手を合わせてから離れる。

暁雲の側まで戻り、小声で告げた。

「これは、殺しだ」

ほんの僅か、暁雲の肩が揺れた。

「絞めた跡が真っ直ぐ横一文字で、ぐるりと一周途切れていない。強さも同じだ。抗った跡がないのが妙だが、殺しには違いない」

そうか、と暁雲が呟いた。

それを潮時に、二人は番屋を出た。

そろそろ同心の機嫌が悪くなってきたようだし、暁雲も、そのうち駆けつける四郎兵衛会所の連中と、ここで顔を合わせたくはないだろう。これは会所の役目、幇間の出る幕ではない。

番屋から少し離れた辺りで、暁雲が口を開いた。

「あれは、違うな」

あれ、とは千里を指しているのだと、其角はすぐに分かった。

だから、「何と、どう違う」と訊ねた。

暁雲が笑んだ。話が早くて助かる。そんな目をしている。

「行方知れずの、他の二人とだ」

暁雲は、初音とみゆきが死んでいない、と言いたいのだ。

それは、勘ではない。望み、と言うのだ。

出かかった言葉を、喉の奥でどうにか抑える。

他に気の利いた台詞も浮かばず、其角は暁雲を急かした。

「ともかく、太夫へ知らせに行こう」

「ああ」と応じた友の声は、哀しさの中にほんの少し、安堵と明るさが混じっていた。

花房太夫に、酷な望みを持たせるようなことを言い出さなければいいんだが。

其角は、残る二人も望みは薄いと踏んでいた。やたらに望みを持たせては、初音やみゆきの行方が本当に知れた時、太夫を余計に傷つけてしまうことになる。

悲しげな花房太夫の顔を思い浮かべると、其角の心は、水を吸ったように重くなった。

大門では、先日の同心、岸が面番所の前に立っていて、急ぐ其角と暁雲を見ていた。軽く会釈をして通り過ぎようとしたところを、呼び止められる。

「御用でございますか」

暁雲が、丁寧に訊き返した。

「千里は、気の毒だったな」

其角は、ひやりとした内心を読まれないように、さりげなく顔を伏せた。この騒動でちょろちょろ動き回っていると知れたら、説教のひとつも貰うことになるかもしれない。この後が動きにくくなるし、何より、今は花房太夫と紅葉太夫に千里の死を知らせなければならない。説教どころではないのだ。

隣で暁雲が、鮮やかに惚けている。

「ええ、まだ行方が分からないそうで。心配でございますね」

ああ、そうだな、と応じた岸は、どこか気の抜けた声をしていた。

それじゃ、御免下さいまし。言い置いて歩き出した暁雲を、其角は急いで追った。

暁雲が呟く。

「あの旦那が幇間に声を掛けるなんて、珍しいな」

「そうなのか」

「ああ。物静かなお人だが、取り分け、幇間や芸妓も含めて、吉原の者には無口なんだ」

ふうん、と頷き、其角は言った。

「きっと、かまをかけて来たんだ。悪名高き狂雲堂と狂雷堂が、余計な首を突っ込んでないか」

「だったら、最初からそう訊けばいいものを」

暁雲は、岸が苦手らしい。少しだけ言い様が辛辣だ。

「無口なんだろう。無理を言うな」

そんな遣り取りをしながら『大黒屋』へ着くと、すでに千里の死は伝わっているらしく、物々しい気配に包まれていた。

遊女達は酷く浮き足立ったが、「やはり大門を出られたのだ。屏風の御利益だ」と浮かれたり、「たとえ出られても、死んでしまっては元も子もない」と怯えたり、捉え方は人それぞれのようだ。

件の屏風を持っている花房は、「大切な太夫の身を守る」という名分で、厳しく見張られているらしい。さすがの狂雲堂でも、なかなか会わせて貰えなかった。

ようやく通された花房の部屋には、先だってと同じく、紅葉も来ていた。違うのは、二人とも「太夫の姿」をしていたことだ。暮れ六つにはそれぞれ客を迎えて、揚屋の宴に臨まなければならないのだろう。

花房太夫は、銀糸の映える太めの帯に、菜の花を思わせる優しい山吹色の打掛姿。紅葉太夫は、花房よりも更に太い金の帯に、紅の濃淡が鮮やかな打掛。花房は淑やかに見える島田髷に木肌が透ける艶やかな櫛、紅葉は流行りの勝山髷に鮮やかな朱塗りの簪だ。

「あまり、時がありんせん」

だから早く話を聞かせてくれと、おっとりとしているはずの花房が、其角と暁雲を急かした。

血なまぐさい話になる。正直其角としては気が引けたが、前置きなしに切り出した。

「千里さんが、亡くなったのはご存じですか」

太夫二人の頭が、揃って縦に動く。

「縊り殺されて、いました」

音もなく、花房の身体が傾いだ。紅葉が、花房の肩を支える。

花房は大丈夫、という風に小さく頷き、すぐにしゃんと座り直した。

「縊り殺されたというのは、真(まこと)でありんすか」

気丈な紅葉の声も、硬く震えている。其角は、努めて穏やかに伝えた。

「私の見立てでは、間違いありません」

そう、と小さく答えた花房の様子が、痛々しい。紅葉が花房に代わり、其角に向かって
確かめる。

「他の二人のことは、何ぞ分かりんしたか」

「初音さんとみゆきさんは、まだ何も。そこで、太夫にお伺いしたい」

身を乗り出すようにして、花房は応じた。「何でも。何でも訊いておくんなんし」

他の二人の行方が分かるなら、無事なうちに助けられるのなら、何でも答える。そんな
覚悟が目の奥に宿っている。

其角は、少し迷った。

迷って、まずは吾妻屋と初音の経緯(いきさつ)について、確かめることにした。

「吾妻屋さんに、行って参りました」

二人の太夫は、戸惑ったように顔を見合わせた。其角は畳み掛ける。

「吾妻屋さんは、浮気の覚えはないそうです。どんな経緯があるのか、お教え願えませんか」

重苦しい静けさの中、紅葉が其角を正面から見つめた。元々気の強さが表れていた眦が、更に厳しさを増している。

「吾妻屋さんの話と、みゆきさん、初音さんの行方。狂雷堂さんは、どう関わりがある、と」

やはり、紅葉太夫は気が強い。

其角は、ひやりとした胃の腑の辺りをそっと宥めた。面を改め、部屋の隅、裏を向けている屏風を視線で指した。

「消えた三人は、みんなあれに関わっている。そもそも、吾妻屋さんが初音さんに贈った屏風となれば、そのいわくから何か見えてくるかもしれない」

太夫二人の紅を刷いた唇は、引き結ばれたきり動かない。それでも、二人が迷っているのは見て取れた。

「人ひとり、命を落としてるんです。よもやお忘れではないでしょう」

無造作に出た言葉に、太夫二人の頬が、目に見えて強張る。取り分け、紅葉の視線が痛かった。

また、不用意な物言いで怒らせたのだろうか。其角が弱腰になったところで、暁雲がだしぬけに「どっちにしろ」と、口を挟んできた。狂雲堂の明るい気配、物言いだ。遮られた。

其角は悟った。やっぱりまた、自分はしくじったのだ。

暁雲は、にっこりと笑って太夫二人を柔らかく諭す。

「私らはもう、吾妻屋さんに会ってしまいました。そして、身に覚えのない『浮気』が元で、こちらへの出入りを差し止められたことまで聞かせて貰った。今更、それにひとつ二つ余計な経緯が加わったからといって、どうということはございますまい」

紅葉と花房の張り詰めていた気配が、明らかに緩んだ。暁雲は、しんみりと続けた。

「せっかくの身請け話、反古になっては初音さんがあんまり気の毒だ。そうは思われませんか。もし、『浮気』が何かの間違いなら、初音さんも、さぞお喜びになるでしょう」

そろりと、花房が口を開いた。

「初音さんは、無事だと。狂雲堂さんは、お考えでありんすか」

忽ち、花房の目にも、紅葉の顔つきにも、一筋の陽が差したような明るさが戻った。

私の拙い物言いより、そっちの方が余程酷いぞ、狂雲堂。余計な希みを持たせては、後が可哀想なことになる。

其角は横目で友に訴えたが、まるで知らぬ振りだ。力づけるように、花房の問いに暁雲が応じる。

「初音さん、みゆきさんに関しちゃあ、まだ何にも分かっていません。千里さんは酷いことでしたが、お二人の行く末を同じ道筋で透かし見るのは、まだ早いと思いますよ」

花房が軽く俯いて、幾度も頷いた。

「そう、その通りでありんすね」

「花房さん――」

止めようとした紅葉の手を、同じように白い手で、花房が握った。

「紅葉さんも、そう、思いんせんか」

紅葉は、暫く花房をじっと見つめていたが、やがて諦めた風で小さく息を吐いた。

「花房さんのいいように。わっちは、何も聞かなかったことに、いたしんしょう」

花房は、ちょっと笑って小さく頭を下げた。

初めて二人揃って眼にした時から、姉妹のようだと其角は感じていたが、なんとなく、花房が姉のように見えてきた。

おっとりしているようで、言い出したら聞かない姉と、その姉を助けるしっかり者の妹。

そんな呑気な考えは、花房の一言で吹き飛んだ。

「吾妻屋さんの浮気が真実かどうか、わっちには分かりんせん。ただ、浮気の相手、そしてそれを女将さんとご楼主に打ち明けたのも、千里さんなんで、ありんす」


大門を出て、吉原の灯りが充分遠くなったところで、暁雲がからかい混じりに其角を窘めた。

「其角、あれはうまくないよ」

善右衛門の浮気の相手が千里で、千里自身が大黒屋楼主に明かした。証も出た。そこまで聞いたところで、太夫達が出立する刻限になってしまった。明日の午前、詳しく話すからもう一度来てくれと頼まれ、出直すことにした。其角の庵でこれまでのことを纏めてみようという話になり、茅場町へ戻る道すがらのことである。

其角は、惚けた。

「何の話だ」

太夫二人に対する言いようが拙かった。暁雲が言いたいことは察しがついていた。けれど、だったら自分はどうなのだと、言い返してやりたい気もする。

暁雲が、軽い調子で答えた。

「楼主と女将が、余計な策を弄しちゃいるが、その実『大黒屋』の遊女達は、みんな仲がいいんだ。上に立つ太夫の人柄だろうな。だから二人とも、千里さんが殺されたことを悲しんでいるし、憤ってもいる。忘れたのか、なんて言われちゃあ、かちんともくるさ。『お前に言われなくても、人ひとり死んでいることなぞ承知だ。大切な仲間だった。お前に私達の気持ちが、分かるものか』。短い間だったが、太夫方は揃ってそんな目をしていたぞ」

「それは――」

咄嗟に口を開いたが、暁雲の言に合点が行きすぎて、返す言葉が見つからない。

「あの眼は、そういう意味だったのか」

「やれやれ、気づかなかったのかい」

「睨まれたのは分かっていた。だから、また拙いことを言って怒らせたんだろうな、と」

其角がもそもそと、答える。暁雲は、明るく笑った。

「花房太夫に見惚れて、上の空だったたか」

「ばっ――」

頬が、かっと熱くなるのが分かった。周りが暗くてよかったと思うが、思わず口走った声が、自分でも狼狽えていたと感じるので、元も子もない。

「馬鹿を、言わないでくれ。高嶺（たかね）の花だ」

「男が女に惚れるのに、高嶺も道端もあるものかい」

暁雲は、楽しそうだ。色めいた話の句を詠むならともかく、からかわれるのは、あまり好きではない。其角は話を変えた。

「暁雲こそ。太夫方に酷な望みを持たせる真似をするのではないかと、気を揉んだ」

小さな間を置いて、暁雲が首を傾げた。本当に心当たりがないらしい。

「昼間、『あれは、違う』、と口にしたろう」

暁雲は答えない。それがどうかしたのか、と言いたげな間だ。其角は続けた。

「千里さんは殺されたけど、他の二人はきっと無事だ。そういう意味じゃなかったのか。太夫方にも、そう告げるんじゃないかと、私は気が気でなかった。それで、万が一、二人が無事ではなかったら。いや、むしろ、その線が、その、ありそうだから」

暁雲、それに太夫二人の心情を思い、つい、口籠る。

「ああ、あれか、あれ」

ようやく思い当たったように、暁雲がよく通る声を上げた。

めかし込んだ商人風の男が、すれ違い様、驚いた顔でこちらを見た。

少し先に蟠（わだかま）る、周りよりも一段濃い闇は、寛永寺（かんえいじ）の境内だ。

「まあ、その話はお前さんの庵に着いてからにしようや」

暁雲に低い声で宥められ、しぶしぶ其角は頷き、口を噤んだ。訪れた静けさが重かったが、意地になって黙っていた。

暁雲が、いそいそと呟いた。

「また白雪でも、買い込んでいくか」

〈饅頭で人をたづねよ山ざくら〉

旨い酒くらいじゃ、今度ばかりは誤魔化されない。先だって見かけた須崎村のまんじゅうでも買ってきて、肴に食ってみろ。そうすれば私も、花の見頃が過ぎたはずの桜で、迎えてやる。

皮肉を込めて口にした句に、暁雲が首を捻る。腕を組み、首を傾けたまま暫く進んでから、戸惑うように訊いてきた。

「酒よりまんじゅうがいいならそうするが、俺は食わんぞ」

「私だって、食べないっ」

其角は、思い切り喚いた。

其角の庵に戻ってから、暁雲は何やら考え込む様子で、黙りこくっていた。元々、くるくると心の有りようが変わる男なので、気にすることはない。だから其角も黙って、ゆったりと盃を進めた。

暁雲は、散り始めた花海棠を広縁から眺めている。そろそろ見頃も仕舞いの花と入れ替わるようにして、広縁の脇に植えてある野いばらの白い花が、甘い香りを漂わせている。すっかり暗くなっているから見つからないが、きっとあの青紫の蝶は、花海棠から野いばらへ塒替えをしていることだろう。

はらり、ゆらり、と、花海棠の花弁が二枚、寄り添うようにして落ちた。

暁雲は、散った花弁を目で追いながら「良い匂いだな」と呟いた。

「野いばらが、咲き始めてるからな」

「其角らしい花だ」

「そうかな。清楚な白い花は、蕉門向きだと思うが」

言い返した其角に、暁雲は軽く笑って見せた。

「見た目は清楚だが、匂いが艶っぽいじゃないか。其角が好む花だよ」

すっかり、お見通しだ。

華やかな姿だが匂いのしない花海棠、清楚な姿で甘い香りを放つ野いばら。どちらも、其角の心をくすぐる、面白い花だ。

「あれは、そういうつもりで口にしたのじゃない」

ふいに、暁雲が切り出した。先刻、其角が話を振った「あれは、違う」の「あれ」だ。

其角は気づいた。

暁雲が、生真面目な眼を、花海棠の花弁が落ちた先へ向けている。

其角は、暁雲の言葉の意味を改めて確かめた。

「初音さんとみゆきさんは、千里さんと違って死んでない。その『違う』じゃなかったのか」

くい、と盃を空け、其角の方を見ずに暁雲は訊いた。

「お前、ずっと知りたかったのだろう。桂昌院と俺の、いわくが何なのか」

不意に話が、それも暁雲が恐らく触れて欲しくないと思っているだろう向きに変わって、其角は仰天し、戸惑った。

ちらりと友の顔を盗み見たが、穏やかな面持ちをしている。桂昌院にまつわることは、今までの話とまるで繋がらないように聞こえるが、多分、「違う」の意味に通じているのだろう。受けた方がいいか。逸らすのがいいか。迷った挙句、其角は、

「気づいてたのか」

とだけ、確かめた。

はは、と笑って暁雲は応じた。

「幾年、つるんでると思ってる。訊きたいが、訊けない。俺の機嫌が悪くなるたび、其角はそんな眼をしていた」

「悪かった。でも、野次馬根性なんかじゃ——」

「分かっているさ。俺を案じてくれたんだろう。相手は公方様の御生母だ」

柔らかく其角を宥めてから、暁雲がぎゅっと口を噤んだ。奥歯を嚙みしめる音が、聞こえた気がした。

暁雲は、自分の盃に零れる程酒を注ぎ、胃の腑まで一気に流し込む勢いで呑み干してから、再び、ゆっくりと口を開いた。

「あの女が元で、苦界に身を沈めた女がいた。その女に笑って貰いたくて、俺は幇間になったのだよ、其角」

どんな女だ。何があった。

やはり、訊ける訳がない。それほど、暁雲は辛そうに見えた。

すぐ泣く男が、涙の気配さえ見せないくらい強く、何かを堪えている。堪えているのは、憤りか、哀しみか。

「その女の話は、いずれ、そうさな。この屏風騒動にかたが付いたら、聞いて貰おう」

「無理を、しなくていい」

愛想のない口調が、其角は我ながら恨めしかった。もっと気の利いたことが言えないのか。せめて、慰めるような物言いは——。

暁雲の、笑う気配がした。

「お前さんはつくづく、いい奴だよ」

その声は酷く柔らかく、少しだけほっとしているように聞こえた。

「からかわないでくれ」

不機嫌に、言い捨てる。

暁雲はもう一度笑ってから、告げた。

「その女と、似た色を感じたんだ」

話の筋が元に戻ったと気づくまで、息二つ分掛かった。

「千里さんに、か」

確かめた其角に、暁雲は「ああ」と応じた。

暁雲は、言う。

その女は、浮世で手にしていた幸せを全て失った。新しい幸せを求める力も残らないほど、打ちのめされた。

そうして、浮世でないどこかに、救いを求めた。

其角は、顔も年頃も、暁雲との関わりも分からない女に、思いを巡らせた。暁雲の口振りから察すると、気が触れたか、あるいは自ら命を断ったか。そんなところだろう。

暁雲が、酒を呷った。

想いを、その女から無理に引き剝がしているようだと、其角は感じた。

「俺には千里さんも、同じように見えた。今際(いまわ)の際(きわ)、極楽の眺めに、ようやく幸せを見いだした風に。だが――」

まだ少し、遠いところにあるようだった暁雲の声音が、不意にはっきりした現(うつつ)を纏った。

「二人は違う。初音さんは、引き離されたとはいえ、この浮世に好き合った男がいる。みゆきさんは、一本立ちが恐ろしかったかもしれないし、気鬱の種を抱えていたかもしれない。だが、所詮は新造、あの花房太夫に庇われている半人前だ。吉原の地獄を、本当に知っちゃあいない。多分、浮世を手放すほど、打ちのめされたこともない。だが」

つまり、と其角は暁雲の言葉を受けた。

「死んだひとりは、浮世に幸せを求めていなかった。消えたままの二人は、浮世で、地に足の着いた幸せを見ていた。そういうことか」

「そう、それだ」

ぽん、と膝を叩いて、暁雲が声を上げた。

そうだろうか、と其角は考え込んだ。

初音とみゆきは、恐らく暁雲の言う通りだろう。けれど、千里は。

確かに、極楽を見たような顔をしていたとは、思う。

目も、どこか虚ろだったような気がする。だがそれは、きっと事切れていたからで。

其角は、頭の中で念入りに言葉を選んだ。暁雲の想いが、女——暁雲が笑わせたかったと言った——へ戻ってしまわないように。良く呑み、良く食らい、良く笑い、良く泣く、からりとした男に、また苦い思いをさせないように。

「千里さんが、浮世に幸せを見ていなかった。そう思うのは、やっぱり勘、か」

「おお」

大威張りで、暁雲が頷いた。

やはりこの友は、表向きだろうが、痩せ我慢だろうが、気持ちの切り替えが早い。

懐が広くなければ、こうはいかない。どんなに豪放磊落を気取っても、これだけは其角には真似ができない。

嫌なことや憂さを、手をひとつ叩いただけで消してしまう、あるいは、誰にも見えない胸の奥に仕舞えてしまう。

そんな友が、其角は眩しく、ほんの少し羨ましかった。

其角は呆れ混じりに笑ってから、訊いてみた。

「二人が無事かどうか、どこにいるのか。そっちの勘は、働かないか」

「さっぱり、だ」

「そう言うと思った」

其角は応じて、立ち上がった。文机から筆と紙を手に広縁へ戻ると、暁雲がまだ何も書いていない紙を、面白そうに覗き込んだ。

「何を始める気だ」

「大したことじゃない。ここまでの経緯、分かったことを、少し纏めてみようと思っただけだ」

まず、「十八日前」、と、其角は書き記した。そこからさらさらと進めて、今までの流れを綴っていく。

十八日前、善右衛門、初音に屏風を贈る。初音、屏風の子犬の動きしを見る。

十四日前、善右衛門、浮気の咎で、大黒屋出入り差し止め。

十二日前、初音、姿を消す。

十一日前、千里、屏風の子犬の動きしを見、姿を消す。

十日前、花房、屏風を預かる。

六日前、みゆき、屏風の子犬の動きしを見、姿を消す。

一日、もしくは二日前、千里、殺められる。


「一日、もしくは二日前」は、其角の推量だ。推量といっても、あてずっぽうや暁雲のような勘ではない。いつだったか、風変わりな医者に俳諧の手ほどきをした折、礼にと、珍しい医術をいくつか教えて貰ったことがある。其角が、金子や物より、自分の知らない、珍しい話をして欲しいと頼んだのだ。引き出しが多いほど、句の幅は広がる。

ただの医術ならば、其角の父が医者だったこともあり、また自身もかつては医者を志していたから無用と伝えると、その医者は、少し考え込んでから、こんなことを教えてくれた。あまり知られていない草の毒に魚の毒、巷で売られている眉唾薬の見破り方、そして、「骸の見分け方」。

その教えと自分が覚えているつたない医術を併せて当てはめると、綺麗な骸と、このところの陽気から考えて、殺められてからせいぜいが二日というところだ。一方、夜が明けてからあんなところに猪牙を運んでは、目立つだろう。だから千里が死んだのは、昨夜か、その前。だから「一日、もしくは二日前」、だ。

其角の手元を覗き込んでいた暁雲が、ぽつりと呟いた。

「初音さんが消えた次の日、千里さんは屏風を譲り受けたことになるな。しかもその日のうちに消えた」

それがどうした、と訊き返しかけて、其角は、はっとした。

「どうして、そんなすぐに貰い受けたのだろう」

暁雲は、取り立てて奇妙に思った訳ではなかったようだ。ただの呟きに其角が食い付いて、驚いている。

こういう、友の勘ともいえない勘に、其角は幾度も思案の糸口を貰ってきた。今もそうだ。

其角は、勢い込んで続けた。

「花房太夫が、千里さんが消えてすぐに屏風を引き取ったのは分かる。画を燃やそうとした楼主を止めるため、流れ始めた妙な噂を収めるためだ。けれど、千里さんはどうして」

すぐに思いついて、暁雲に確かめる。

「初音さんと千里さんは、仲が良かったのか」

暁雲の答えには、全く迷いがなかった。

「いいや。概ね仲のいい『大黒屋』の遊女達だが、千里さんは、ここ幾年か、一歩引いていたようだった」

「それは、初音さんにだけか」

「違うな。誰からも等しく、間を置いていた風に見えたぞ。楼主にも女将にも、若い衆にも。禿、新造にも、どこか冷ややかでね」

さすが、狂雲堂は置屋の裡を抜かりなく摑んでいる。

そうか、と其角は腕を組んで思案した。

間を置いていた者の持ち物を、いなくなってすぐに貰い受ける。何か訳がない限り、しないことだ。

暁雲は目の端で笑いながら、「『屏風の子犬』が、気に入ったんじゃないのか」と口を挟んできた。

「あるいは、気に入っていたのは、屏風の贈り主」

其角の閃きに、暁雲が乗る。

「浮気の片棒を担いだくらいだからなあ。うん、あるかもしれん」

「浮気の経緯(いきさつ)を、知りたい」

「そいつは、太夫方に明日訊けばいいだろう」

「千里さんが消えてから殺されるまで、時が空いているのも気になる」

「十日、だな。その間どこにいたのか。自分で身を隠していたのか、それとも攫われ、どこかに押し込められていたのか。ところで」

暁雲が、悪戯な眼をして話を変えた。

「『屏風の子犬』が動く謎は、どうした。もう飽きたか」

むっとして、其角は言い返した。

「飽きてなんか、いない」

「それじゃあ、其角の知りたいことは、千里さんに関すること二つ、それに『屏風の子犬』で、都合三つ。他に何かあるなら、言ってみてくれ」

こちらがへそを曲げているのを承知で、平気で笑っている暁雲が恨めしい。

「言ってみたら、答えてくれるのか」

つい、むきになって訊き返した其角に、暁雲はこともなげに、

「ためしに、言ってみろ。分かることなら答えてやる」と、応じた。

言ってやろうじゃないか。

其角は、一気に捲し立てた。

「残る二人の行方。無事なのか、否か。千里さんは、誰に、どんな経緯で殺されたのか」

ところが、暁雲は怯まない。落ち着き払った顔で言い返してきた。

「それは、其角が考えることだろうに」

大威張りで丸投げされると、手も足も出ない。それに、其角が思案する役割なのは、いつものことだ。

「訊いた私が、間抜けだった」

投げ出すように言うと、暁雲は相変わらずからりとした口調で、宥めてきた。

「そうとも限らんさ。口に出してみて、ごちゃごちゃした頭の中が纏まることもある。さっき、其角が紙に経緯を書きだしたのと、同じことよ」

確かに、と其角も頷く。

「それじゃあ明日は、どこをどう回るのか、暁雲に任せた」

「俺か」

暁雲が、円らな目を更に丸くして、こちらを見た。其角は、大きく頷いた。

「考えるのが私の役目なら、動くのは、暁雲の役目だ」

「そうか。俺か」

呟き様、眉間に皺を寄せ、うーむと幾度か唸った後、暁雲は不意に掌を拳で叩いた。

「よし。分かった。明日の案内は任せろ」

「ほう。決まったか」

「いいや。明日起きた時の気分で決める。どちらにしろ、昼見世の前に『大黒屋』へ行かなけりゃならんからな。ひとつ決まっていれば充分だ」

大威張りである。

いかにも暁雲らしくて、其角は堪らず噴き出した。


次の朝五つ、東の空の低いところに日があるうちに、其角は起き出した。朝の冷え込みもかなり緩んできている。布団から出るのがそれほど億劫ではなくなった。

暁雲は、朝餉の仕度に出かける仕度、すっかり整えている。

浅蜊飯だと暁雲は言うが、軽く炙った握り飯に浅蜊と葱の味噌汁を掛けただけのものだ。浅蜊のむき身は、今朝早くに回ってきたむき身売りから買ったが、後は有り合わせ。葱は勝手でしなびかけていたもの、握り飯は、昨日の残りの白飯で、さすがにそのまま握り飯で食うには硬そうだったから——暁雲は、握り飯がことのほか好きなのだ——、炙って味噌汁を掛けて誤魔化した、のだそうだ。

もどきだろうが有り合わせだろうが、暁雲の浅蜊飯は旨かった。朝一番、獲れたてむき立てというふれこみの浅蜊は、ぷりぷりとした身を噛みしめるたびに、強い磯の香りが鼻に抜ける。しなびかけた葱は、味噌汁で煮込まれたせいか、とろとろと蕩(とろ)けるようだ。少し濃いめの味噌汁、軽く炙った飯の香ばしさ。

次の朝、酒が残ることのない其角だが、それでも身体の奥に溜まっていた澱(おり)のような酒の滓(かす)が、すうっと抜けていく心地がした。

しみじみと味わっていると、暁雲がこちらを見ていた。

「何だ」

其角が訊くと、

「旨いか」

と、訊き返してきた。

「うん。旨い」

其角の返事に、暁雲がにっと笑って応じる。

「それは、よかったな」

じっくり旨い飯を愉しもうとしたところを、友は忙(せわ)しなく急き立ててきた。

「さあ、もう旨いのは分かっただろう。残りは早く食え。流し込め。飯が済んだら出掛けるぞ」

自分が作った飯を味わうなという奴も珍しい。

内心で茶化しながら、其角は大人しく従った。


暁雲は、『大黒屋』の前に吾妻屋へ顔を出すと言った。だが一番先に向かったのは北町奉行所だった。

暁雲が与力の田沢を呼び出すと、すぐに門の外まで出てきてくれた。

田沢は、顔立ちは悪くないが、ずんぐりとして少しばかり恰幅(かっぷく)が良すぎる。ありていに言えば、腹が出っ張っているのだ。例繰方(れいくりかた)といって、探索や白洲の裁きを書き取っておき、次の探索、白洲の助けにする役目だ。さしずめ物書き与力、といったところだろうか。

あまり動かない役目だから、この見てくれは仕方ないのかもしれないが、身形や髷なぞを除(の)けて見比べると、いかにも人の好さそうな田沢よりも、暁雲の方が余程与力らしい。

その田沢が、暁雲と其角を見るなり、渋い顔で説教を始めた。

「また、お前らか。おい、狂雲堂。騒動とみりゃあ首を突っ込むのも、ほどほどにしておけよ。取り分け、殺しなんぞに関わっていると、ろくな死に方をしねぇぞ」

「面目次第もございません」

暁雲は、狂雲堂の振る舞いで与力に詫びた。

「それで、今日はなんだ」

田沢が促す。釘を刺す一方で、こちらの訊きたいことは教えてくれるらしい。見た目通りの人の好さだ。

其角は、他人事のように構えていたところを、どん、と脇腹に肘鉄を見舞われ、危うく咽るところだった。お前が話せということなのだろうが、それなら口で言えばいいだろうに。

暁雲を横目で睨みつけてから、其角が田沢に向かう。

「千里さんを殺めた下手人に、目星はつきましたか」

ふう、と田沢がまた、苦い溜息を吐いた。

「そんなこと、教えられるか。それに、昨日の今日だぞ」

つまり、何も摑んでいない。そういうことだ。

「怪しい奴が浮かんでいるかどうか、だけでも」

頼みます、というように、其角は上目遣いで田沢を見た。

仕様がねえなあ、と前置きしながら、与力が一歩間合いを詰め、声を落とした。

「名は、いくつか挙がってるようだな。どいつも、怪しいには怪しいが、はっきりせん」

誰だ、と真っ直ぐ訊いても、さすがに聞き出せないだろう。其角も、一歩田沢へ近づいた。

「例えば、『大黒屋』の楼主や、女将」

ううん、と惚けた与力の顔つきには、ゆとりがある。

「遊女仲間で、折り合いの悪かった女」

さあな、とあさってへ向けた眉が、ぴくりと揺れた。其角は続ける。

「それとも、人形問屋の主。でなければ、番頭」

さっと、田沢が逸らしていた顔を其角の方へ戻した。

なぜ、それを知っている。

ふいに厳しくなった双眸が、確かにそう言っていた。

正真正銘、お人が好い。

胸の裡のみで呟いて、其角は「恩にきます」と、頭を下げた。

「それじゃ」と、にやにや顔の暁雲も、其角に続く。

苦虫を嚙み潰したような顔の田沢に背を向け、暫く歩いたところで、後ろから田沢の声が掛かった。

「いいか、無茶をするんじゃねぇぞ」

其角が立ち止まって振り返り、もう一度腰を折る。踵を返すと、田沢が再び叫んだ。

「狂雲堂、菊野(きくの)によろしくな。俺の宴には必ずお前が入ってくれよ」

今度は、二人で聞こえない振りを決め込んだ。

周りの目が少しばかり痛かったのと、笑いをしっかり堪えられるかどうか、心許なかったからだ。

菊野とは、馴染の遊女のことだろう。その名が、「狂雲堂」「宴」と共に語られてしまえば、其角でなくても見当はつく。

暁雲が、ぼやいた。

「全く、あけすけというか、人が好いというか。あれであの旦那は、野暮だと言われないんだから、不思議なもんだ」

友の声音は、温かさに満ちていた。暁雲にとって好ましい人物ということだ。

その足で人形問屋、吾妻屋へ向かう。

番頭の次兵衛は、急な使いとかで、店を空けていた。

番頭が自分達二人を見たら、どんな眼をするか。其角はもう一度確かめたかったが、帰りを待たせて貰う訳にもいかない。巧い言い訳が見つからないし、昼見世の仕度が始まる前に、太夫達に会わなければ。

昨日と同じ六畳間に通されてすぐ顔を見せた主の善右衛門は、希みと怖れがない交ぜになった、込み入った顔をしていた。

「初音の、行方が分かったのでしょうか」

尋ねた声も震えている。

「いえ、そうではなく」

其角が告げると、善右衛門は肩を落とした。

ほっとしたのか、気落ちしたのか、きっと当人も自分の胸の裡が分からないだろう。

「今日お伺いしたいのは、千里さんのことです」

其角が、何をどう探るのか。

暁雲は、奉行所へ行った時も、吾妻屋へ来た時も、見当を付けていなかっただろう。

なんとなく、其角が行きたそうなところを、朝起きて考えただけだ。

けれど、あれもこれもと、一時(いちどき)に考え、かえって動けなくなる性分の其角にとっては、勘だろうがなんとなくだろうが、道標(みちしるべ)を付けて貰えるのは、有難い。

其角は暁雲に付いて回って、その場その場で、訊きたいことを訊き、確かめたいことを確かめる。

そうやって、「面白き話」の謎を、二人で解くのが常だった。

「千里、の」

善右衛門の声は硬かった。無理もない。初音と引き離され、面目を潰され、恨んでいるはずだ。善右衛門の胸の裡で恨みが膨らむ前に、其角は続けた。

「浮気騒動が持ち上がるより前、旦那は千里さんを、御存じだったのですか」

いや、と即座に答えた声は、酷くそっけなかった。けれどすぐに口許を緩めて、「大人げない真似は、いけませんね」と善右衛門は自分を窘め、言い直した。

「話したことも、宴で顔を合わせたことも、ありません。初音から、二度、三度、名を聞いたことがあるでしょうか。ああ、格子越しに見かけたことはあるかもしれませんね。『大黒屋』へは、幾度も足を運んでおりましたから」

「つまり、互いに見知っていた訳ではない」

其角の問いに、善右衛門の首が縦に動いた。

だが、番頭は千里のことを、「あの千里」と呼んだ。そのことをぶつけてみると、善右衛門はまた固い顔つきに戻ったが、淡々と答えた。

「それは、手前に浮気の濡れ衣を着せた張本人だからでございましょう。主の面目を潰し、商いにも僅かですが障りがございましたので」

そうだろうか。

其角は考えた。次兵衛が疎んじていたのは、千里だけではないのではなかろうか。大切な主と店の暖簾(のれん)に傷をつけた『大黒屋』は勿論、「馬の骨」と呼んでいた初音のこともまた、次兵衛は面白く思っていなかったかもしれない。なのに、会ったこともない遊女、それも亡くなった者に「あの」と付けてまで、憤るだろうか。

「手前の話を、お疑いですか」

善右衛門に穏やかな声で問い返され、其角ははっとした。

「そういう訳ではありません」と、急いで答える。答えながら、付けるかもしれないな、と思い直した。

善右衛門でさえ、ちょっとした物言いや口ぶりから、『大黒屋』と千里に対しての蟠りが透けて見える。

主大事、お店(たな)大事の番頭なら、なおさらだろう。取り分け千里には、込み入った思いがあるはずだ。身請けされた格の高い遊女が大店の内儀に収まるという話は、他にもある。それほど、『吉原の遊女』は格が違うのだ。けれど次兵衛にとって、初音は「馬の骨」だった。その女を内儀に迎え、頭を下げなければならないところだったのを、千里は助けてくれた。だが、主の顔に泥を塗ったことは、許せない。

有難いが憎たらしい。死んでしまった哀れな女とはいえ、「あの千里」と呼びたくなるのは、分からないでもない。自分がこの店の番頭で、次兵衛のような少し頭の固い性分だったとしたら、きっとそう思う。

物問いたげな善右衛門の眼に気づき、其角は、番頭から思案を引き剝がした。

「では、千里さんが、吾妻屋さんをよく知っていたということは。例えば横恋慕していたとか、執着していたという話を、初音さんから聞いたことはありませんか」

目に見えて、善右衛門が腑に落ちない顔をした。

「なぜ、そんなことを、お確かめになる」

人形問屋の主は、ぎこちなく笑って訊き返した。

「千里が手前を陥れたのは、むしろ、商売敵の初音への嫌がらせと考えるのが筋なのではありませんか。手前が目当てなら、手前が落ちる前に『大黒屋』と縁を切らせるような真似は、しないでしょう」

確かに、そうだ。けれど、屏風の一件がある。千里は初音が姿を消してすぐに、あの屏風を手に入れた。それは、善右衛門への想いゆえではないのか。

今まで、気持ちを抑えていた善右衛門を、其角は煽ってしまったらしい。箍が外れたように、平坦な早口で言い募った。

「そう、もし、其角さんの仰る通りだとしたら、なおのこと腹の虫が収まりませんね。初音を陥れるのなら、廓の常、吉原はそういう修羅の場なのだと諦めもつきましょうし、手前が初音を請け出してやれば、済むことです。ですが手前が目当てとなれば、まったく余計なことを。思いを寄せられても、有難いとは思えません」

冷ややかな目をして、善右衛門は其角と暁雲を見比べた。

「なぜ、お前様方がそう思うのかは、聞かぬといたしましょう。なるほど、と思い当たってしまえば、今私の中にある、千里への一欠片の哀れみまで捨ててしまいそうだ。初音の行方も知れない今、死人に唾を吐く真似は、さすがにしたくはありませんから」


「また、怒らせてしまった」

突き放されるように善右衛門に話を切り上げられ、仕方なく吾妻屋を出たところで、其角は暁雲に呟いた。明るく言ったつもりだったが、自分で吃驚する程、ひょろひょろと情けない声になった。

くすりと、暁雲が息のみで笑う。

「吾妻屋さんは、其角に腹を立てたのではないのさ。千里さんに憤り、自分を罵(ののし)った。そういうことだと思うぞ」

「自分を、罵る」

繰り返した其角を、暁雲は横目で見た。

「分からんのか。それではまるで朴念仁(ぼくねんじん)だ。天下の放蕩(ほうとう)俳人、宝井其角らしくない」

其角は、むきになって言い返した。

「放蕩俳人なんて、ただの一度も言われたことはない。ちゃんとやることはやっている」

豪快に笑って、暁雲は其角の肩を軽く叩いた。

「分かってる、分かってる。蕉門を纏めることも、句集を編む煩わしい仕事も、お前さんはしっかりこなしてる、とな。ただ、さすがの蕉門一と呼び声の高いお前さんでも、女心と同じようには、男心を読めぬものだな、と可笑しかっただけだ」

「暁雲は、読めるのか」

其角は張り合いたくなって、訊き返した。暁雲が不敵に笑って答える。

「吉原は女が主(あるじ)だが、男がいて初めて成り立つ場だ。双方の胸の裡が読めなければ、幇間は務まらぬよ」

訊くのは少し悔しかったが、善右衛門の胸の裡を知りたい気持ちが、其角の中で勝(まさ)った。

さっきは自分が怒らせたのでないなら、少しは心が軽くなるかもしれない、とも思った。

「で。吾妻屋さんは、なぜ自分を罵った。暁雲なら分かるのだろう」

言った途端、其角はぼんやりと気づいた。きっとこの一言が、相手の逆鱗に触れるのだ。

だが、暁雲は気にした様子もない。

そのことがかえって、其角の胸を重く鈍く、疼かせた。ふと、庵を塒にしている、青紫の小さな蝶を思い出し、溜息混じりでぼやく。

「生まれ変わったら、蝶にでもなるか」

「そりゃまた、どうして」

「口も利かず、ひらひら綺麗に舞っていれば、人を怒らせることもない。誰に気遣うこともなく、酔った振りをする要もなく、あちらの花が散ればこちらの花へ、自分の胸三寸で居処を替える。込み入ってなくていい」

暁雲が、暫くこちらを見つめた後、また其角の肩を叩いた。

宥めるように、ぽんとひとつ、少し間を置いて、もうひとつ。

それから、言葉を探すように斜め上を向いて、ゆっくりと口を開く。

「吾妻屋さんが、なぜ自らを罵ったのか。『自分が、知らぬ間に千里の気を引くようなことを、してしまったのではないか。置屋の格子越し、目が合ったのかもしれない。初音ではない遊女から、挨拶代わりのつもりで煙管を受け取ったこともある。その遊女が千里で、思い違いをさせたのなら。初音と引き離されたきっかけは、自分が作ったことになる。自分が側に付いていれば。もっと足繁く通っていれば、初音を守ることができたかもしれない』と、まあ、少し芝居がかっているが、そんなところかなあ」

こめかみを人差し指で、居心地悪そうに擦りながら、暁雲は言った。

其角の頭の隅を、閃光が過った。

「暁雲」

「何だ」

「もしもの話だが。もし、千里が善右衛門に岡惚れしていたとして。千里は既に初音を殺めてしまっている、ということはないか。あるいは、初音が千里を殺め、逃げている、ということは――」

言い止したのは、暁雲がだしぬけに立ち止まったからだ。

どうした、と訊きかけて友の足が止まった訳に気づいた。

いかにも物騒な男達が、二人の前を塞いでいる。

其角の頭にまず浮かんだのが、追剝ぎに掏摸、物取りの類だ。

だがそれにしては、こちらを値踏みする様子がない。

まるで、もう「貰うものは貰っている」とでも言いたげな薄笑いが、都合四人の男の顔に張りついている。

もしや、これ以上探るな、という脅しだろうか。

だとしたら、誰だ。

「これは、まずいな」

暁雲が、のんびりと呟いた。

「まずいって、何が」

訊き返した自分も間が抜けているが、暁雲はその上を行っている。

「俺もお前さんも、口は巧いが腕っ節はからっきしだ。ひとりで二人ずつ、物騒な客人の相手ができると思うか」

「できるものか。それに私は、句は巧いが口は巧くない」

「五七五であれだけ多くのものを語る男が、何を言っているかな」

「俳諧と口は、別物だ」

つい、暁雲ののんびりに乗ってしまった其角だったが、

「ごちゃごちゃ、うるせぇぞ。これが見えねぇのか」

と、前を塞ぐ男に喚かれ、二人揃って口を噤んだ。

男がこちらへ向け、見せびらかしたのは、抜身の匕首だ。

これは、本当にまずいぞ。

何の怖れもなく、其角は考えた。多分暁雲と共にいるからだ。

変わらずゆったり構えた暁雲が、男達に訊く。

「俺達に何の用だろうか。生憎、どちらの懐も、大して温もっておらんが」

下品な笑いを、男達は一斉に漏らした。

「懐に関しちゃあ、こちとらは随分温もってるからな。お寒い巾着に用はねぇ」

「ただ、お二人さんはこれからどちらへ、行かれるのかと思ってよぉ」

「俺達の行く先が、知りたいと言うのか」

へらへらした笑いを顔に張りつかせたまま、男たちの目が物騒に光った。

まるで気づかぬ風で、暁雲が呑気に答える。

「これから吉原へ行こうと思っておってな。おお、何ならお前さん達も、一緒に行くかい」

其角は、軽い眩暈を堪えた。

私達を脅そうとしている奴らだぞ。手の内を明かしてどうする。

其角が危惧した通り、男達の気配が物騒なものに変わった。

「ところが、お二人さんに吉原(そこ)へ行かれちゃあ困るお人ってのが、おいでででねぇ」

「ここは大人しく、塒へ帰っちゃあ貰えねぇか」

ふざけた物言いの合間に、見せびらかした匕首の刃が、厭な光を放つ。

辺りに人影はない。

人通りが切れるのを待って、出て来たのだろう。

暁雲が、取り分けのんびりと嘯いた。

「せっかくいい陽気の昼間だ。寝穢(いぎたな)い友を急かして出て来たのに、もう塒へ帰るのは、ちょっともったいないなあ」

惚けた風の暁雲に、匕首の男が凄味を利かせて囁いた。

「何を、のらりくらりと抜かしてやがる。四の五の言わずに帰りやがれ。でねえと、怪我するぞ」

うーん、困ったな、と長閑に呟きながら、暁雲は男達を見回した。其角が止める間もなく、言い放つ。

「いやだ、と言ったら」

「おい、暁雲っ」

腕に覚えがある男のような台詞を吐くんじゃない。

罵る前に、男達が脅してきた。

「そりゃあ、行けなくなる程には、痛ぇ目に遭ってもらうしかねぇ」

匕首の男が、切っ先をこちらへ向ければ、他の男達は聞こえよがしに指を鳴らしてみせる。

「良いのか。そんな真似をして」

暁雲は怯んだ様子も見せず、悪戯な眼をして言い返した。

「何、妙なことを抜かしてやがる」

実はな、と、楽しいことでも告げるように、暁雲は声を潜めて切り出した。

「これから行くところへ、八丁堀の旦那をお連れするはずだったのだが、ちょいと野暮用ができたとかで、遅れておいでだ。そろそろ追いついてくるはずなのだが」

勿論、暁雲の与太だ。

面白い程、男達の顔色が変わった。

そこへ――。

「おい、手前(てめ)ぇら。何してやがるっ」

鋭い叱責の声が響いた。

走ってきたのは、尻端折り(しりっぱしょ)に甕覗(かめのぞき)の淡い水色の股引(ももひき)、房(ふさ)無しの十手(じって)を持った目明しと、黒の巻羽織姿の侍、町奉行所の同心だ。

其角は、暁雲を見た。

ここまで勘がいいと、感心するよりもむしろ呆れてしまう。

呑気に構えていたこちらとは違い、敵は瞬く間に浮き足立った。白昼堂々刃物で脅してくる輩にしては、少々、大袈裟な慌てようだ。

暁雲が、おや、という顔をした。

「まずい」

「逃げろ」

男達が、踵を返す。

その時、暁雲がとんでもない動きをした。

「ちょっと、待て」

背を向けて逃げ出そうとした匕首の男に駆け寄り、後ろから、左腕を摑んで引き留めたのだ。

「放しやがれッ」

男が、匕首を持った右腕を振り回した。

暁雲の腕に傷が走った。

考えるより先に、其角の身体が動いた。けれど暁雲ほど、格好良く動けた訳ではなかった。本当に酔っているように足がもつれ、転びながら、何とか匕首の男の脛に摑まる。

「こいつっ」

匕首の男の喚きに続き、重く鈍い痛みが背中を襲った。

蹴られた。

息がつまる。脛を摑んだ手が、緩んだ。

逃がしては駄目だ。あの騒ぎの中、暁雲が捕えようとした男だ。喚く頭とは裏腹に、身体は言うことを聞かなかった。

ばたばたと、男達の足音が遠ざかって行く。

「野郎、待ちやがれっ」

ようやく追いついた目明し、少し遅れて同心が追っていく。

目が眩むような背中の痛みを堪えながら、逃げる男達、追いかける町方を、其角は見送った。

「ありゃあ、捕まらねぇな」

ふいに降ってきた苦い声に、聞き覚えがあった。

其角は慌てて身体を起こし、立ち上がろうとして蹲った。

蹴られた背中が、派手に軋んだ。背中を庇いながら顔を上げると、留紺（とまりこん）の小袖の着流しに編み笠という、気易い姿の田沢と眼が合った。

「妙な胸騒ぎがしたからよ。定廻（じょうまわり）を連れて、付いてきてみてよかったぜ。だから、言っただろうが。ほどほどにしておけよ、と。大人しく言うことを聞かねぇから、こういう目に遭うんだ」

与力の田沢は、其角に向かって言ったのではなかった。

痛みは背中から脇腹へ広がってきている。其角は、浅くゆっくり息をしながら、田沢と、暁雲を見た。

右腕を押さえた暁雲の左の掌が、血で染まっていた。

「ぎょう、う――」

鋭い痛みが、脳天へ向けて走った。

「大した傷じゃねぇ。すぐに医者へ」

言い掛けた田沢を抑えるように、暁雲が言葉を被せた。

「大した傷では、ございません。ですから、医者は御勘弁を」

「おい、暁雲っ」

痛みを宥めながら、其角は二人へ近づいた。

「太夫方が待ってるぞ、其角」

少し眉根を寄せながら、笑い混じりで暁雲が促した。

首の後ろを擦りながら、田沢がうーむ、と唸る。

「仕様がねぇなあ。この頑固者は言い出したら、聞かねぇ」

嬉しそうにぼやいて、其角へ「吉原まで歩けるか」と訊いてきた。

其角が頷くと、田沢はいそいそと呟いた。

「それじゃあ行くか」

暁雲が、腕の傷に手拭いを巻きながら訊ねる。

「旦那、どちらへ」

「お前ら、『大黒屋』へ行くんだろう。さっきの連中が戻ってきたら厄介だ。俺が用心棒を務めてやる」

思わず、其角は訊き返した。

「例繰方の与力様が用心棒、ですか」

暁雲が、咎めるようにこちらを見た。しまった、とそこで気づいた。

また、やってしまったようだ。

物書き与力の癖に、と聞こえたかもしれない。

ところが人の好い田沢は、気を悪くした様子もなく胸を張った。

「腰に大小落としてるってだけで、ちょっとした脅しにはなるぜ。少なくともお前らだけよりは、ましだ」

はあ、と応じながら、其角は密かにほっとした。田沢がお人好しで良かった。

暁雲が、「ははあん」と訳知り顔で声を上げた。

「さては、旦那。『大黒屋』の看板、太夫御二方を間近で拝もうって、腹でございますね。何しろ旦那の馴染は、『佐竹屋』の菊野さんだ。下手を打ちゃあ、浮気を疑われかねない」

にやり、と田沢が笑った。

「まあ、浮気までは行かねぇだろうが、菊野の奴はへそを曲げるに違ぇねぇからな。だが、御役目となりゃあ、話は別だ」

「大威張りで評判の太夫に会える、って訳ですか」

「そういう訳だ。さあ、いくぞ」

暁雲に答えるなり、俄か用心棒は二人を引っ張るようにして、吉原への道を急いだ。

六章　妖しの匂い

『大黒屋』へ着いた時、暁雲がふと後ろを振り返った。田沢が、
「何だ。奴らが追いかけてきたのか」
と勢い込む。
暁雲が、すぐに前を向いて笑った。
「気のせいだったようです」
おどかすな、馬鹿野郎、とほっとした様子で田沢がぼやいている。
けれど、其角はひんやりとしたものを感じていた。
初めて吾妻屋を訪ねた時も、暁雲は何かを感じたように、振り返った。
立ち止まった其角を置いて、田沢と暁雲は『大黒屋』へ入った。慌てて其角も続く。
『大黒屋』は、千里が骸となって見つかった時とは一転、重苦しく静まり返っていた。
昼見世が始まる一刻前なのに、遊女や若い衆が仕度を始めている気配もなく、前の夜見

世から居残っている客の姿もない。

出迎えたのは、『大黒屋』で女将を務めるおりんという女だ。みてくれも喋り方も若い町娘のようで、とても亭主と共に、吉原で一、二を争う妓楼を取り仕切っているようには見えない。

その女将が、八丁堀の田沢と怪我をしている暁雲を見て、顔を強張らせた。

暁雲が、すぐにおりんへ詫びる。

「野暮な姿でお伺いして、面目ありません。ここへ来る途中、妙な連中にちょいとばっかり絡まれてしまいまして。心配した八丁堀の旦那が付き添って下さったという訳で。何、見た目ほど酷くはございませんから」

「すぐに、お医師を」

そう言った女将に、暁雲はとんでもない、という風に怪我をしていない左手を振った。

手拭いでざっと拭いはしたものの、指の間には血がこびりついている。

「医者を呼んで頂くほどのこともございません。申し訳ありませんが、白湯、焼酎、さらし、それから濡らした手拭いをお借りできますか」

おりんは、迷ったように暁雲の顔と傷、それに其角、田沢を見比べ、硬い顔のまま頷いた。

「すぐに仕度をさせます。紅葉太夫の部屋へどうぞ」

其角と暁雲は、顔を見合わせた。

今日は、花房太夫の部屋ではないのか。

さりげなく、暁雲がおりんに尋ねた。

「花房太夫は、お忙しいようですね」

前を行く女将の肩が、大きく揺れた。こちらを振り返らないまま、答える。

「花房太夫のことは、紅葉太夫からお聞き下さいな」

明るく人当たりのよい、おりんらしくない。

何かあった。

其角は、察した。暁雲も田沢も、様子はゆったりしたまま変わらないが、気づいているはずだ。

四人、押し黙ったまま二階へ上がる。やはり、どの部屋も静まり返っている。まるで息を詰め、身を潜めているようだ。

紅葉太夫の部屋は、二階西の突き当たり、花房太夫から一番遠い部屋だ。

こんなところにまで、「二人の不仲」を匂わせる仕掛けがしてあるのだなと、其角は胃もたれを起こしそうな気分で考えた。

「紅葉太夫、お連れしましたよ」

襖の前で、おりんが声を掛けた。

「お入りいただいて下さいな」

今日の紅葉太夫は、廓言葉ではなく江戸の女の物言いだ。

おりんに改めて促され、中へ入る。

花房太夫の部屋と同じ作りになっているのだろう、二間続きの手前、八畳間に紅葉太夫は座っていた。

藍と臙脂の細かな縞の小袖に、化粧気のない貌。源氏鼠の帯の色を映してか、女将の顔色よりもなお青白い頬をしている。

其角たち三人が紅葉の部屋へ入るのを待ちかねたように、おりんは襖を閉めた。そそくさと部屋から遠ざかっていく気配がした。

一度も、目を合わせてくれなかった。なんだか、避けられているみたいだ。

閉じた襖を見つめながら、其角は、考えた。

「まあ、狂雲堂さん。お怪我を」

紅葉が驚いた声を上げる。振り返ると、暁雲が紅葉を安心させるように、悪戯に笑っていた。

「狂雷堂も、少しばかり打ち身を。やっとう、喧嘩がからっきしの二人ですから、これで済んだのはもっけの幸いです」

そこへ、女将の指図で、手当ての道具が早速届いた。頼んだもののほかに、傷の膏薬(こうやく)、打ち身の膏薬、それに暁雲には小袖の着替えまで仕度されていた。

濡らした手拭いは其角の背を冷やすためのものだったが、遠慮した。さすがに太夫の前で諸肌(もろはだ)脱いだまま、長々と話をするのは気が引ける。代わりに、女将の心遣い――暁雲のためのものかもしれないが――の打ち身の膏薬を蹴られたところに貼り、そそくさと小袖に袖を通し直した。田沢が、焼酎と膏薬で手際よく暁雲の傷の手当てを済ませ、人心地ついたところで、紅葉が口を開いた。

「花房さんが、消えてしまいました」

その声は、懸命に平静を装っているものの、いつもよりほんの僅か細く、微かに震えていた。

花房太夫が、消えた。

さすがの暁雲も、面を引き締めた。

田沢の目が、厳しい光を放つ。

けれど其角は、頭がきんと冴え、目の前の景色が、霧が晴れたようにはっきり見えてくる心地がしていた。

暁雲の、あれ――千里と、他の二人――は違う、という勘は正しかったらしい。

花房太夫までが消えた。だから、『大黒屋』は火が消えたようなのだ。

『子犬の屏風』を目にした遊女が四人も消えた。そのうちひとりは殺され、ひとりは『大黒屋』で天辺を張る太夫だ。

遊女も、若い衆も、昼見世どころではないだろう。

其角は、深い息を二度繰り返し、紅葉に向かった。

なるべく追い詰めないよう、声音と言葉を念入りに選びながら、語りかける。

「ここまで大事（おおごと）になっては、もう、言葉を濁している段じゃない。幸い、北町の与力、田沢様もご一緒して下すっています。これまでの経緯を、すっかりお聞かせ願いたい」

田沢が、「俺は例繰方なんだがな」ともそもそぼやいたのに、「用心棒を買って出て、ここまで付いていらして、今更それはないでしょう」と、暁雲が言い返しているのが、聞こえた。

どちらも呑気なものだが、ここで前に出るのは、自分の役どころである。

紅葉は硬い顔でしっかりと、其角に向けて頷いた。

「狂雷堂さんのおっしゃる通りです。ご楼主には、『お二人にすっかり打ち明けて、助力を乞う』許しを貰ってあります。何でも、お訊き下さいな」

そして、どうか花房さんを。

声にならない、言葉の続きが聞こえたような気がした。

其角は小さく頷いて、早速切り出した。

「まずは、吾妻屋さんの浮気の経緯を」

紅葉が、小さな溜息をひとつ、ほろ苦い声で答える。

「あれは、こう言っては何ですが、ご楼主も女将さんも、そして私達も迂闊でした」

騒動は、千里の訴えから始まった。

初音が掛け持ちの客をもてなしている僅かな間に、善右衛門が千里を訪ねてきたのだという。格子越しに憎からず思っていた千里は、善右衛門の訪いを受け入れた。ちょっとした悪戯、はらはらする心地も味わいたかった、と。

けれど、初音が善右衛門にそろそろ身請けされると聞き、千里は隠していられなくなった。不実な男に請け出されても、初音は幸せになれない。

千里は、そう思って楼主と女将に打ち明けた。

善右衛門の手引きをしたという、若い衆の加助も、「千里の言う通りだ」と白状した。

素知らぬ顔で初音に逢いに来た善右衛門を、楼主と女将が問い詰めた。善右衛門は「身に覚えがない」と言い張ったが、千里が証を持っていた。

善右衛門からの文だ。

確かに善右衛門の筆跡で、短い恋の言葉に、善右衛門の名が添えられていたという。

善右衛門は、「初音に送ったものだ」と言い張ったが、『大黒屋』に信じる者はいなかった。初音の「自分が貰った文だ」という口添えも、善右衛門の不実を承知で庇っていると、断じられた。

皆、千里と加助の言葉、宛名のない文を鵜呑みにした。

其角は、出かかった舌打ちをどうにか堪え、言い募った。

「宛名のない、短い文。いかにも怪しげな証と二人の言葉だけで、決めつけたんですか。吾妻屋さんの言い分に沿って、もう少し詳しく調べてみようとは、どなたも考えなかった。善右衛門さんは『大黒屋』さんの上客で、初音さんを身請けしようという程の、馴染だったのに」

ええ、と答えた紅葉は、少し辛そうだった。

「仕方がないよ、狂雷堂」

取り成したのは、暁雲だ。

「初音さんが吾妻屋さんに、いよいよ身請けされる。そんな矢先の浮気話だ。皆が皆、幸せから哀しみの底へ突き落とされた初音さんを憐れんだ。千里さんの初音さんを思いやった言い分に、心を動かされた。頭の冷えた者がひとりでもいればよかったろうが、そうもいくまい。お涙頂戴や理不尽への憤り、そこから生まれる話の筋ってのは、伝染るもんだ。流行り病みたいにな」

――なんて、酷い。初音さんという想い人がいながら。

――千里さん、打ち明けるには覚悟が要ったでござんしょう。初音さんには恨まれ、ご自分も仕置きを受けるかもしれんせん。

――一番気の毒なのは、初音さんだよ。ようやく吉原から出て幸せになれると、思っていたところなのに。

『大黒屋』の誰もが、同じ思い込みに染まった。

確かに、そういうものだ。取り分け、先に聞いた言い分を、人は信じる。

其角は暁雲の言葉に、頷いた。心を落ち着け、問いを変える。

「では、『屏風の子犬』が動いた話を、聞かせて下さい」

其角の言葉に、少しほっとした顔で紅葉が頷いた。暁雲は、訳知り顔に薄ら笑いを浮かべている。

迂闊を悔やんでいる太夫を、気遣った訳じゃないからな。他にも訊きたいことがある。

それだけだ。

　眼で暁雲に言い返し、其角は改めて紅葉へ訊いた。

「まずは、初音さんです。何か、言っていませんでしたか。例えば、子犬がどんな風に動いた、とか、気味が悪かったとか。それから消えるまでの間に、何か妙なことが起きたりしませんでしたか」

　紅葉は、格子達からの又聞きだけれど、と断って教えてくれた。

　初音は、善右衛門から画が届いた日の夜、妓楼の格子で、大層嬉しそうだったのだという。

　何か良いことがあったのか。いよいよ、吾妻屋に身請けされるのか。そう訊いた遊女仲間に、初音は、少し懐かしそうに、少し悪戯な顔で、こう答えたのだそうだ。

　廓言葉ではなく、少女のような物言いで。

『夢のようなことが起こったの。画の中の子犬と、遊んだような心地だった』

　紅葉は、硬い声で続けた。

「その少し後で、浮気騒動が起きたんです。初音さんは信じていなかったようですけれど。その二日後(のち)の夜明け前には、もう姿がなかった」

　浮気騒動は、吾妻屋から屏風が届いて四日の後だ。初音が『屏風の子犬』のことを語ってから消えるまで六日。

其角は頭の中で数えてから、問いを続けた。

「千里さんは、いかがです。なぜ千里さんは、初音さんの屏風を貰い受けたのでしょうね。初音さんの消息も分からないままだし、蟠りもあったでしょうに」

ひとつひとつ確かめるように、紅葉は応じた。

「今から考えれば、妙な話だけれど。初音さんが消えた後、千里さんはすぐに屏風を貰い受けたい、とご楼主に頼んだらしくて」

千里の理屈は、こうだったそうだ。

初音も、浮気をした男からの贈り物なぞ、口惜しいだけだろう。千里自身がしでかしたことに対する戒めのためにも、あの屏風を譲ってほしい。

楼主は急が過ぎないか、と思ったし、それが千里の本心かどうかも、疑った。

だがその時は、「初音が神隠しに遭った」とは思っていなかった。四郎兵衛会所も『大黒屋』も、善右衛門と引き裂かれた初音が、思いつめて足抜けを謀ったのだと思い込んでいたから、屏風どころの騒ぎではなかった。だから、つい面倒であっさり許してしまった、ということらしい。

其角は内心で、千里の言い分が心からの真実なのか、分かったものじゃない、と呟いた。

紅葉は、其角の皮肉な思案に気づくよしもなく、話を続けた。

「その夜、頭が痛いとかで千里さんは客を取らずに、ひとり部屋に籠っていたそうです。貰い受けた屏風を置いた部屋に。そして、様子を見に来た加助に向かって、ぽつりと呟いた。犬が動いたように見えた、と。千里さんはその日の夜明け前に、いなくなったことが知れました」

「千里さんは、怯えていた風でしたか」

「加助の話では、大して気に掛けていなかったそうです。それから加助が思い出したように、むしろ、楽しげに打ち明けてくれた、と付け加えたのだとか」

其角は、顎に手を当てて、「なるほど」と受けた。この経緯は、しっかり頭に入れておいた方がいい。

そして三人目、みゆきは怖いもの見たさで、花房が預かった屏風を覗いてしまったのだという。

「『屏風の子犬』が、尾を振っていた」のだそうだ。怖くなって女将に打ち明けた。その夜明け前、前の二人と同じように、姿が見えなくなった。

其角は、思案をそのまま口に出した。

「みゆきさんだけが、随分と詳しいんですね」

「え」

何のことだ、というように、紅葉が小首を傾げる。

暁雲が「お」と声を上げた。「其角、何やら摑んだな」程の意味合いである。

田沢は、それまでひたすら目を伏せ、静かに紅葉と其角の遣り取りに耳を傾けていたが、ふいに声を上げた暁雲を、驚いたように見遣った。

其角は、紅葉の問いを「いえ、なんでも」と往なし、話を逸らす。

「花房さんは、どうでしょう」

訊いて、其角は胸が疼いた。姉妹のようだった太夫二人だ。心配で居ても立ってもいられないだろう。まったく、酷なことをする。

紅葉は顔を曇らせたものの、気丈に答えてくれた。

「花房さんについては、まだ何も。ただ、あの屛風はずっと花房さんの部屋にありましたから。きっと見たに違いない、と皆口にしています」

花房太夫については、詳しい話はまだ出てこない。

だろうな、と其角はこっそり得心した。

三人が消えた経緯はぼんやりと、行方は粗方、見当がついた。

あとは、「違う」ひとり。千里のからくりだ。

そう思った矢先、ふいに暁雲が口を開いた。

「太夫。千里さんの部屋を、見せて頂く訳にはいきませんか」

其角の胸の裡を読んだような、間合いだ。

紅葉が、戸惑った顔をした。

「それは、私ひとりで返事のできることじゃあ――」

「では、女将にでも、ご楼主にでも、伺いを立てて下さい」

其角は畳み掛けた。太夫が小さくたじろぐ。

脅かして申し訳ないとは思う。けれど暁雲の勘は、千里の部屋に其角が知りたい何かがあると、告げているのだ。ここは、どうあっても引けない。

「大事なことなんです。とても」

其角は、少しだけ声を和らげて、もうひと押しした。

けどよ、と田沢がのんびりと割って入った。

「千里の部屋は、千里が殺された時に町方が調べてるだろう。今更とうしろうのお前さん方が覗いたって、何が分かる訳でもねぇとは思うがなあ」

其角が言い返すより早く、田沢が「だが」と、続ける。

「まあ、違う眼で見りゃ、違うもんが見えてくるってことも、ある」

邪魔をしているのか、助け舟を出してくれたのか、分からないな。

其角は声に出さず呟いて、田沢の言に乗った。

「花房太夫や、行方知れずのお仲間を探し出したいとは、思われませんか。太夫」

本当を言えば、「千里のからくり」は三人の「神隠し」と、恐らく関わりがない。千里の部屋を見ても、三人の行方は分からないだろう。

けれど、その切っ掛けには、きっとなる。

小さな溜息をひとつ、紅葉はようやく頷いた。

「亡くなった仲間の部屋を、矢鱈(やたら)にお見せするのは気が引けますけれど。死んだ者より生きている者。女将さんに頼んでみます」

ばっさりと割り切った言葉に、今度は其角が狼狽えた。

紅葉が寂しそうに笑って、其角に語りかける。

「冷たいと、お思いでしょう。けれど吉原(なか)では、大門の外より呆気なく人が死ぬんですよ。身体を壊したり、厄介な病に罹(かか)ったり。だからこそ、哀しむだけ哀しんだら、自分も含めて生きている者のことをまず、考えなきゃならない。吉原(なか)の女も男も、そうやって暮らしていくんです」

其角は、紅葉に掛ける言葉を探した。けれど、重い運命(さだめ)、潔(いさぎよ)すぎる覚悟に、巧い台詞も句も、出てはこなかった。

だから、心を込めて頭を下げた。

紅葉は、照れたように微笑んで、「少しお待ち下さいな」と言い置き、部屋を出た。

「なんで、急に死んだ遊女の部屋を見たいだなんて、言い出したんだい」

紅葉の気配が遠ざかった頃、ひそひそと、田沢が暁雲に訊いた。暁雲は涼しい顔で、

「其角が、訊いて欲しそうな顔をしていたもので」

と答えた。

ちらりとこちらを見た田沢に、慌てて言い直す。

「暁雲の勘、思いつきです。いつものことだ」

田沢は其角と暁雲を代わる代わる見遣った後、顎を掌で擦りながら、ぶつぶつと言った。

「お前達があちこちで余計な首を突っ込んじゃあ、謎解きの真似事をしてるのは、知ってる。けどな。しつこいようだが、殺しは、いかん。失せもの探し程にしておけ」

田沢が、本当に案じてくれているのが、其角にも伝わった。少し煩わしいが、つくづく人の好い男だ。なのに暁雲ときたら、田沢の気遣いに屁理屈で応じた。

「俺達がしているのは消えた遊女、間違いなく失せもの探しのうちで」

「こいつめ」

田沢が、拳骨を見舞う真似をした。暁雲が、大仰に避ける格好をしながら、田沢へ水を向ける。

「旦那は、気になりませんか」

「俺は、噂の太夫を拝みに来ただけだ」

「けど、そのひとりが行方知れずだ。同じように姿を消した遊女の部屋から、何か分かるかもしれない」

「それも、お前さんの眉唾物の勘だろうが」

「眉唾なんかじゃあ、ありません。俺の勘は当たるんです。なあ、其角」

その通りだが、大威張りで本人に言われては、素直に頷くのも少しばかり悔しい。

忽ち、田沢が胸を反らせる。

「ほら見ろ、眉唾だ。俳諧師が返事をせん」

暁雲が、ここでにんまりと笑った。

「それじゃあ、俺の勘は眉唾か当たるのか。確かめてご覧になったらいかがです」

「なんだ、そりゃ」

「ですから、千里の部屋ですよ」

やれやれ、と田沢はまた、顎を擦った。

「俺にも手伝え、ってことかい。つくづくお前さんは人遣いが荒い。宴一度だけじゃあ、割に合わねぇ」

「旦那と菊野さんの宴なら、二度だって、三度だって伺いますとも」

「よし、乗った。お前がいてくれると、菊野の機嫌がいい。あいつはあの『狐と狸の化かし合い』の剽げた舞を、取り分け楽しみにしてるんだ」

田沢の景気のいい返事が、他愛もない遣り取りを締めくくった。それきり揃って口を噤んだまま暫く待つと、紅葉が戻ってきた。千里の部屋を見せてくれるという。

千里は人気の格子で、六畳間をひとつ宛がわれていた。

太夫達の部屋と違って、あまり日の入らない、昼間でも薄暗い部屋へ一歩踏み入れた時、其角は何より先に、寂しさを感じた。

綺麗に片づいている。まるで、「立つ鳥跡を濁さず」と言わんばかりだ。いや、違う。ここに人が暮らしていたという気配や名残自体が、感じられない。

「いつも、千里さんの部屋はこんな風だったんですか」

訊いた自分の声が、少し掠れた。紅葉が静かに答える。

「もともと綺麗好きな性分でしたけれど。ここ一、二年は取り分け、身綺麗にしていたようですね。いなくなってからは、加助がこまめに掃除をしています」

加助が惚れていたのは、千里だったのだ。

この片づきようを見れば分かる。きっと毎日、丁寧に、想いを込めて。

けれどそれなら、あの時の、もう遊女じゃない、という言葉は——。

其角の脇を、暁雲がすい、と過ぎて行った。部屋の中を見回しながら真っ直ぐ向かったのは、格子窓近くに置かれた長火鉢だ。脇に置いてあった煙草盆を見下ろし、鼻に皺を寄せて暁雲は呟いた。

「厭な匂いがする」

其角は、その場で鼻を鳴らして辺りの匂いを嗅いでみた。

遊女の部屋らしい、白粉や香の、甘い匂いがするばかりだ。

「甘酸っぱい、厭な匂いだ」

暁雲が言葉を重ねた。其角は言い返す。

「化粧や香の匂いじゃないのか」

「こっちへ、来てみろ」

まず、田沢が格子窓へ向かった。其角も続く。暁雲が睨んでいたのは、煙草盆に掛けられた煙管だ。

普通の女物よりも長く、華奢にできている。雁首と吸い口には、細かな細工が施されていて、見るからに遊女の持ち物だ。

盆の煙管掛けに並んだ長い煙管とは別に、盆の端に無造作に置かれた、短くて飾り気のない煙管が、やけに場違いだった。

普段使いの煙管だろうか。

暁雲が、田沢を促した。

「その短い奴です、旦那」

田沢は暁雲の横顔を見遣って、「遠いとこから、煙管一本の匂いが厭だの酸っぱいのと。お前さんは、犬っころか」なぞとふざけながら、しゃがんだ。

途端に、田沢の顔色が変わった。

手拭いを使って暁雲が指した短い煙管を手に取り、そっと雁首に鼻を近づける。

確かめるように鼻から息を吸うたびに、例繰方与力の面が、厳しく、そして暗くなっていった。

「こいつは」

言い止して、田沢は紅葉へ眼を遣った。

硬い顔で、両手の掌を揉み絞るようにしている太夫を認め、言い掛けた言葉を呑み込む。

堪らず、其角は田沢の手にある煙管へ首を伸ばした。綺麗に手入れがされていて、煙草や灰の名残はない。恐る恐る、匂いを嗅いでみる。続けて、もう少し深く。

暁雲の言うように、甘酸っぱい匂いがした。思い切り吸い込むと、喉の奥にほんの僅か、苦みを感じる。

この匂いには、覚えがあった。千里の骸を確かめた時に感じた、鼻の奥を刺すあの匂いだ。そして、これと似た匂いを、其角はもっと前に嗅いだことがあった。覚えているのは、かなり雑多な匂いが混じっていたが、確かに同じ類のものだ。

どこかで嗅いだことがあると過ったあの時、なぜ、もっとはっきり思い出せなかったのか。

其角は、自分を殴りつけたい気分だった。

「俳諧師。お前ぇ、こいつの匂いを、知ってるのか」

其角の顔を覗き込んだ田沢が、面と揃いの厳しい声で訊いた。

其角は、煙管から顔を離して「ええ」と答え、言い添えた。

「千里さんの骸を拝んだ時。それからもっと昔に、一度。父が医者をしていましたので」

田沢が、そうか、と頷き、小声で呟いた。

「ひょっとして、千里は、どこか――」

そこまで言って、また紅葉を見遣って口を噤む。其角は、田沢が言い掛けた続きにも、言い止した理由にも、見当がついていた。

『大黒屋』の遊女達は、表向きはどうあれ、皆仲がいい。それは田沢も承知しているだろう。

こほん、と空咳を挟み、人の好い与力は言い直した。

「こいつは、ことと次第によっちゃあ思わぬ方へ話が転がっていくかもしれねぇな」

暁雲は相変わらず鼻に皺を寄せた、不機嫌な顔のままだ。

煙管から匂う、甘酸っぱい香り。喉に纏わりつく苦い味。動く子犬。加助の言葉。

其角が、田沢に応じた。

「思わぬ方なのかどうか、分かりませんが。解けないまま残っていたからくりは、見えてきました」

＊

花房太夫が姿を消して三日、『大黒屋』には妙な噂が立ち始めていた。

『屛風の子犬』が、夜になると屛風を抜け出し、「飼い主」を捜して歩き回っている。

その犬の姿を見たという者は、いない。

けれど、子犬が甘えるように鼻を鳴らす音、かりかりと襖や障子の桟を引っ掻く音、小さく吠える声を聴いたという話が、遊女の間に広がっていた。

夜見世が始まり、遊女達が格子へ出向くのを待って、加助は千里の部屋へ入った。

いつも、辺りが静かになり始めるこの時分に、千里の部屋の掃除をする。遊女に客が付きだせば、遊女の世話やら揚屋への送り迎えやら、自分も忙しくなって、掃除をしている暇はなくなる。

毎日掃除をしても、塵や埃は溜まるものだ。主のいない家は傷みやすいというし、部屋も同じだろうから、手は抜けない。楼主も女将も、今すぐ別の遊女にこの部屋を宛がうつもりは、ないようだ。

行燈（あんどん）に火を点（つ）け、さて、拭き掃除から始めるか、と考えて、ぎくりとした。

千里の小さな文机の上に、紙が載っている。

昨日掃除をした時に、こんなものはなかった。

何の、悪戯だ。

そろりと近づく。

子犬の画だ。

気味悪くは、なかった。

加助は、『屏風の子犬』が動いたからくりを知っていたから。

画の中のあどけない黒い目と、目が合った。良く描けている。

格好は違うが、『屏風の子犬』に似ていた。

「お前も、千里さんが恋しいのかい」

つい話しかけて、ちょっと笑う。

「千里さんとは、たった一日の仲だったろうに」

紙を動かしても、子犬とは目が合ったままだ。

そこで、初めて薄気味悪くなった。

なぜ、これがここにあるのだろう。

燃やしちまおうか。

そんな考えが、ふと過る。

迷って、文机に付いている小引き出しへ、畳んで仕舞った。

千里が恋しくてここへ来たのなら、燃やすのも忍びない。そんな風に思った。

小引き出しが動きはしないか。子犬の声がしはしないか。

ちらちらと、文机を目で確かめ、耳を澄ましながら掃除をしたが、何も起こらなかった。

掃除をすませる頃には自分の臆病風を、馬鹿馬鹿しいと思えるようになった。

「じゃあな。大人しくしてろよ」

そんな冗談を文机の子犬に向かって口にし、加助は千里の部屋を後にした。


花房太夫は、表向き、風邪を引いて伏せっていることになっていた。

だから、遊女達も加助も、一時の重苦しさを振り払うように、忙しく、陽気に過ごした。

夜更け、仕事が一段落すると、忙しい間は忘れている千里のいない痛みが、思い出したように湧き上がってくる。

　どれほど痛んでも、構わない。それが、あの時の手触りと共に、もういない千里と自分とを繋ぐ縁(よすが)だから。

　そんなことを考えながら、布団を引っ張り出して、加助は「うわ」と声を上げた。

　布団と枕の間から、畳んだ紙がひらりと出て来たのだ。

「おい、加助。どうした」

　同じ部屋を使っている若い衆仲間が、訊いてきた。

「な、何でもねぇ。蛾。布団に蛾が留まってて、吃驚(びっくり)したんだ」

　なんだ、というように、仲間は苦笑いを浮かべた。

「脅かすなってんだ、馬鹿。ただでさえ、妙な噂が立ってんだからよ」

　すまねぇ、と詫び、紙を持って部屋を出る。

　廊下に出て紙を常夜灯に翳(かざ)し、危うく再び声を上げそうになった。

　千里の部屋で見た、子犬の画だ。畳み方も自分がしたのと、多分同じだ。

　そっと懐に仕舞い、千里の部屋へ急ぐ。

　格の高い遊女の部屋が並ぶ二階は、静まり返っていた。

　今日は客にあぶれた者は、いなかったようだ。

　辺りを窺い、千里の部屋に入って灯りを点(とも)す。

文机に伸ばした指が震えていた。

意を決して、ひと思いに引き出しを開けた。

「ない」

呟きは、自分の声とは思えないほど、細く上擦(うわず)っていた。

懐から、慌てて画を引っ張り出し、放り投げる。仰(の)け反(ぞ)るように尻もちをついた。

畳に落ちた画に、恐る恐る手を伸ばして広げた。

子犬が、あどけない目でこちらを見ていた。

「お、お前ぇの初めの飼い主は、千里さんじゃねぇだろう。恋しがるんなら、初音さんのはずだ。だったら、おいらを責めるなあ、お門違いだ。おいらは、初音さんや他の二人は、知らねぇ――ッ」

「千里さんの経緯は、知ってるってことだよな」

ふいに後ろから声がして、加助は飛び上がった。勢いのまま振り向くと、そこには見知った腕利きの幇間と、その後をくっついて回っている俳諧師、それについ先日、二人と共にやってきた侍の姿があった。

其角は、暁雲に『屏風の子犬』と同じような画を描いてもらい、加助を罠に掛けた。田沢も付き合ってくれた。草履取りひとり付けず気軽に出歩く、なんとも変わった与力だ。

＊

暁雲も其角も、加助だけなら大事にはならないと断ったのだが、田沢は涼しい顔で其角達を脅してきた。

「お前ら二人にやらせるにゃあ、ことが大きすぎる。俺が首を突っ込むのが駄目だってんなら、すぐに御奉行にお知らせして、三廻（さんまわり）を動かして頂くぜ。勿論お前らには手を引いてもらう」

三廻とは、奉行所で探索を一手に引き受ける、定廻、隠密廻、臨時廻の同心だ。手を引けと言われて大人しく従うつもりはないが、三廻が出てきたら、何かと動きにくくなる。

仕方なしに、田沢も仲間に入って貰うことにした、という訳である。

正直、加助がこの仕掛けに掛かってくれるかは、半々というところだ。

加助は、千里の「子犬が動いた」からくりは承知しているから、画を見たくらいでは驚かないだろう。けれど、他の三人の「神隠し」には関わっていない。もしかしたら、本当に「子犬が動いた」と思い込み、巧く怯えて尻尾を出してくれるかもしれない。

一度目、掃除時の仕掛けは、大して効き目がなかった。

二度目、布団と枕の間に忍ばせた「子犬の画」を加助が見つけるまで、其角はじりじりしながら、待った。

『ない』

狼狽えた加助の声が千里の部屋から聞こえたのを合図に、其角はそっと襖を開けた。

加助は、思ったよりも派手に腰を抜かしていて、其角、暁雲、田沢、三人の男が部屋へ入って来たのにも気づかなかった。

やはり、暁雲の画の腕が物を言ったのだろう。其角には、高価な絵の具を使ったという町狩野の子犬よりもっと、生き生きとして見えた。

子犬の画に向かって必死で言い訳をする加助に、其角は冷ややかに声を掛けた。

「千里さんの経緯は、知ってるってことだよな」

加助が腰を抜かしたまま、ぴょこんと飛び上がった。ぐるりと身体を回し、暁雲、其角、田沢の順に惚けた眼を向ける。

「お、お前ぇさん達――」

尻で後ずさった拍子に、加助の手が放り投げた画に触れた。

ひっと短い悲鳴を上げて飛びのいた若い衆に、其角は教えてやる。

「画がお前さんの寝床まで歩いた訳じゃない。その画は狂雲堂が屏風の犬に似せて描いた。千里さんの文机に置いたのも、加助さんの布団に忍ばせたのも、俺が女将に頼んだんだ」

加助が其角を見つめた。惚けた目に、しゃんとした光がゆっくりと、戻ってくる。

重そうに身体を起こし、加助はその場にきちんと座り直した。

其角は、静かに確かめた。

「お前さんだな。千里さんを吉原から連れ出したのは」

少し間が空いて、加助の首が縦に動いた。

「縊り殺したのも」

訊いた其角を、加助が見上げた。

「なんで、分かっちまったんです」

其角は、小さく溜息を吐いた。

「花房太夫と紅葉太夫を私達が訪ねた時のこと、覚えてるか」

加助は、ほろりと笑った。あの時と同じ、幸せそうな笑みだ。其角が話を続ける。

「あの時、お前さんは言った。惚れた女は、『もう、遊女じゃあごぜぇやせん』と。あの時は、その相手が消えた遊女のひとり、千里さんだとは知らなかった。だから、狂雲堂も私も、きっと誰かに身請けをされたのだろうと、思ってた。けど、千里さんが殺され、加助さんの惚れた元遊女が千里さんだと見当が付いたところで、思い違いに気づいた。お前さん、あの時こういうつもりで、言ったんだろう。千里さんは、もうこの世にはいない。だから遊女じゃない」

そうですかい。

ぽつりと、加助が呟いた。それから、ふっと息を吐き出し、さばさばした顔つきで告げた。

「ええ、あっしが千里さんを縊り殺しやした」

「どうして。惚れていたんだろう」

問い詰めた其角の声が、思わず荒くなった。

一転、加助が荒んだ笑みを浮かべた。

「そりゃあ、千里さんをあっしだけのもんにするためでさ」

叫びたい気持ちを抑え、其角は声を落ち着かせて、問いを重ねた。

「阿片は、何のために使った」

加助の顔が、苦しげに歪む。

阿片。

芥子の花から採れるという、痛み止めの薬だ。練り香のような代物を煙管に詰めて煙を吸う。甘酸っぱい匂いと喉の奥に残る苦みがある。痛みが取れ、気持ちが楽になり、幸せな心地になるのだという。

唐渡りということもあって大層高価で、羽振りのいい医者か薬種の大店にしか置いていない。

そして、ほとんど知られていないことだが、飛び切り質のいい阿片には、もうひとつ隠された恐ろしい顔がある。

使い続ける程に、止められなくなる。傷や病が癒え、痛みが取れても手放せなくなる。そのまま使い続けると、やがて心が死に、身体は壊れる。

其角は、「骸の見方」を教えてくれた医者から、「花から採れる毒」として阿片の話を聞いていた。

『我が家は代々医者をやっておってな。曽祖父さんは、戦で傷を負った侍を幾人も診た。そんな修羅の最中で見かけたらしい。深手を負った九州の武将が、人目を憚るようにして阿片とやらを吸っていたのを、な。曽祖父さんは、ぞっとした。どんな深い傷より、阿片漬けの様子の方が、酷く見えたのだそうだ。自ら律することを学んでいたはずの武将でさえ、止（や）められなかった薬だ。どれほど人を強く惹きつけるか、試さんでも分かるというものさ。いいか、師匠。間違っても、あれには近づくんじゃないぞ。一度、二度吸ったくらいで搦（から）め捕られるもんじゃない。そこが、落とし穴だ。ほとんどの医者が阿片を危うい代物だと、気づいておらん。痛みが楽になって、気分も良くなる、高価なだけに有難い薬だと思い込んでおる。だが、極楽のような心地に惹かれて使い続けると、やがてがんじがらめになる。そうなれば、極楽の次に待っているのは、地獄だ』

話を聞いて、其角は、かつて父に「値の張る痛み止めだ」と一度だけ見せて貰ったことを思い出した。もっともこの時は、あの薬の隠された顔を、他人事（ひとごと）のように物珍しく感じたのみだったが。

千里の部屋で煙管の匂いを嗅ぎ、ようやく其角の中で、医者の「毒」という言葉と、父から見せて貰った時に嗅いだ、値の張る「薬」の匂いとが、生々しく結びついた。

阿片は、父もそう信じていたように、薬として扱われている。恐ろしい毒だと知っている者は、ほとんどいまい。

田沢でさえ、「えらく値の張る痛み止め」だと思っていた。

だが、加助は知っている。

其角はそう考えていた。

「屏風の子犬が、主を恋しがって動き回る」噂が『大黒屋』にくまなく広まるのを待つ間、其角と暁雲は、田沢の手を借り、調べ回った。千里に大きな怪我や病はなかったか。阿片を都合してやったことは、ないか。

『大黒屋』の楼主、女将は勿論、千里の客や『大黒屋』の遊女を診ている医者、阿片を扱っている薬種問屋。

どこも空振りで、千里に阿片を都合した者はいなかった。千里当人が手に入れたものではない。

となれば、考えられるのは、千里に近しい誰かが都合をした。真っ先に思い浮かぶのは、千里に惚れていた加助だ。

そこで、其角は加助へ真っ直ぐに訊いたのだ。

何のために、阿片を使ったのか、と。

やっぱり、な。

苦い溜息ひとつ、答えない加助の代わりに其角は口を開いた。

「答えられないか。それに、その顰め面。阿片はただの薬じゃないって、お前さんは知ってた。知ってて、千里さんに吸わせた。違うか」

暁雲と田沢が、其角を見た。

加助は唇を噛んで俯き、誰とも目を合わせない。

其角は続けた。

「値の張る痛み止め。そう思っていたのなら、お前さんが口籠ることはない。胸を張って、千里さんのために自分が工面した。そう言えるはずだ」

勢いを付けて、加助が顔を上げた。物静かだった若い衆が、怒りと憎しみの全てを込めたような激しい視線を、其角へひたと向ける。

「ああ。おいらは、あの薬で千里さんをがんじがらめにしようと、企(たくら)んだんだ。阿片は使い続けると、阿片なしではいられないようになる。だから、こっそり千里さんの煙管に仕込んでやった。けど、幾度か吸っても、千里さんはおいらの思い通りにはならなかった。だから腹が立って、攫(さら)って大門を抜けた。それでも拒まれたから、殺して——」

「嘘だ」

きっぱりと、強い口調で加助を遮ったのは、暁雲だった。

哀しげに顔を歪め、怒ったように眉間に皺を寄せ、友は繰り返す。

「今更、なぜ嘘を吐くんだ。加助さんは、惚れた女を、そんな風に扱ったりしない。お前さんは、そういう男だ」

荒んだ笑みを浮かべた加助の目には、じんわりと、湿ったものが滲んでいた。それを隠すように、再び俯く。

其角は、加助から暁雲へ向き直った。

「それも、暁雲の勘か」

「おお」

暁雲の答えには、ぶれも淀みもない。其角はちょっと呆れ、軽く笑って応じた。

「確かに私も、加助さんは、嘘を吐いてると思う」

暁雲が、すかさず其角を茶化した。

「お前のも、勘か」

「泣きそうなくらい真面目な顔で、ふざけないでくれ。私の言う嘘は、別のことだ。加助さんの話にはいくつか無理がある」

其角は暁雲を窘（たしな）めてから、ひとつひとつ挙げていった。

ひとつ。値の張る阿片を加助が手に入れられるはずがない。加助に阿片を売った、処方してやったという薬種問屋も医者も、見当たらない。

二つ。加助には、阿片の「隠された顔」を知る術がなかったはずだ。

三つ。阿片は、煙草とは見た目がまるで違う。まったく気づかせずに千里に吸わせるのは、難しい。

四つ。加助ひとりで、四郎兵衛会所と面番所の目を盗み、千里を吉原の外へは出せない。

「それ、は――」

加助が口籠る。

そこへ、新たな客がやってきた。

「その辺り、是非詳しく聞かせて貰わねばなるまいな。加助とやら」

「佐藤殿」

田沢が慌てたように立ち上がり、その侍を迎えた。

見覚えのない侍だ。其角は暁雲を見遣ったが、暁雲も首を横へ振った。

田沢が、妙に厳めしい顔で教えてくれた。

「北町奉行所、内与力の佐藤殿だ」

御奉行様の御家臣が、なんだっていきなり乗り込んできたんだろう。

其角の胸の裡を読んだように、佐藤はうっすらと笑った。

「御奉行の御指図で、参った。『遊女の神隠し』の顚末を検分して参れ、となり」

佐藤は、人の好い田沢とは、纏う気配も見てくれも、随分色合いが違った。

身体つきも顔の造作も線が細く、喜怒哀楽がほとんど表に出ない。だから何を考えているのか、読み辛い。近寄り難く隙もなく、迂闊に軽口も叩けないと、思わせる男だ。

先刻見せた狼狽えぶりからして、内与力だという佐藤の来訪は、田沢にも知らされていなかったのだろう。

内与力は、田沢のような公儀直参の奉行所与力や同心と異なり、奉行自身が抱えている家臣だ。奉行所では奉行の身の回りの世話や留守居、祐筆(ゆうひつ)などの役目に当たるが、直々に奉行の意向を受け、こうして探索や吟味に当たることもあるらしい。

考えてもいなかった「お偉いさん」の乱入に、其角も暁雲も、すっかり気が削がれてしまい、加助も縮こまって硬く口を閉ざした。肝心なところから、全く話が進んでいない。

「某(それがし)は、検分に来たのみ。構わず続けられよ」

田沢に向けて掛けられた佐藤の言葉だ。佇まいと同じく、平坦で心の動きの見えない物言いである。

田沢が、人差し指でこめかみ辺りをいじりながら、「はあ」と景気の悪い返事をした。様子を窺うように、暁雲、そして其角を見遣る。

ここはそつのない人当たりが得手な狂雲堂に任せるか。

そう考えていた其角だったが、ついぽろりと、言葉が零(こぼ)れてしまった。

「そう、おっしゃられましても。手前どもは八丁堀の旦那から十手をお預かりしている訳ではございませんし」

我ながら、まるでへそを曲げた童のような言い振りだ。そしてまた、相手を怒らせるようなことを口にしたらしい。

田沢が顔色を変えた。佐藤は淡々とした佇まいのままだが、少し忙しなく、二度、三度と、瞬きを繰り返した。

「あー、つまりですね、佐藤殿」

ひっくり返った声で、田沢が口を挟む。うほん、と空咳をひとつ、落ち着いた声に戻って続ける。

「こ奴らは戸惑っておるのです。自分達が関わった騒動が、御奉行直々の御命を受けた貴殿が出張るほど、大事（おおごと）になっているのか、と」

「女がひとり死に、三人もの行方が分からぬ。充分に大事だと思いますが。田沢殿」

其角の比ではない、棘のある言い様（ざま）だ。

火花が、散るか。

其角は肝を冷やしたが、田沢が慌てず騒がず、柔らかく往（い）なした。

「仰（おお）せの通りですな。ですがそれでも、貴殿が出張る類（たぐい）の大事ではござらぬでしょう。

関わっているのは町場の者ばかりだ」

田沢は遠回しに、佐藤を促してくれているのだ。

いくら相手が町人とはいえ、仕上げだけ攫っていくのは道理が通らない。せめてどんな意図があってのことか、僅かなりとも聞かせてやってほしい、と。

やはり、田沢の旦那は人が好い。

其角が呆れ混じりに胸の裡で呟いた矢先、暁雲が、こともあろうに田沢を茶化した。

「そこまで、町人相手に気を回すお役人なんかいやしませんよ、旦那。いくらなんでもお人が好過ぎだ」

「こいつ、余計なことを」

田沢が慌てて暁雲を窘める。

だが、暁雲の軽口を切っ掛けにして、佐藤の作り出した張り詰めたものが、ふわりと緩んだ。

内与力が吐いたごく小さな溜息には、ほんのりと苦いものが混じっていた。初めてはっきりと表に出た、胸の裡だ。

佐藤の薄い唇が、動いた。

「これから申すことは、田沢殿にお伝えする経緯だ。他の耳目は与り知らぬ」

つまり、ここだけの話にしろ、ということだな。

其角は察した。だとしたら、話しかけるのも良くないだろう。

黙って、深々と頭を下げる。暁雲も同じことを考えていたのか、其角と揃いの間合いで
同じように頭を垂れた。おずおずと、加助も二人に続く。

また、軽い溜息をひとつ零し、佐藤は語った。田沢ひとりに向けて。

「この妓楼で女が消える騒ぎが起きる、少し前だ。こんな話が御奉行の耳に入った。吉原
番所の同心が、ある大名家下屋敷へ足繁く通っている」

その様子が人目を忍んでいるようで、胡散臭い。件の同心の羽振りが急に良くなった。

取り立てて評判が悪い訳でもなく、今まで失態があった訳でもない男だったが、関わる
相手が大名家ということもあり、奉行は隠密同心を動かした。

程なくして、気になることが分かってきた。

その大名が、ある太夫を請け出そうとして袖にされたこと。

それでも大名は、恨み混じりの根深い執着をその太夫へ向けていたこと。

同心が、遊女の足抜けを企んでいるらしいこと。

同心は、太夫のいる置屋の男を使って、企みを進めていたこと。

奉行は青くなった。

大名と同心が結託して、天下の吉原から太夫を誘拐かそうとしているのだとしたら。奉行所、いや、公儀を揺るがす大騒動になる。

「お待ち下さい」

其角は、思わず口走った。

「その同心、それから御大名というのは」

ちらりと、佐藤が其角へ目を向けたものの、何も言わず田沢へ向き直り、答えた。

「同心の名は岸。大名は、肥前の松井家でござる」

「岸。あの生真面目な男が。信じられん」

田沢が呟いた。其角も、同じ思いだ。

けれど、暁雲は岸のことが苦手なようだった。つくづく、友の勘を等閑にするものではない。

田沢が、独り言の態で言い添えてくれた。

「松井様は、御本家から一万石を与えられて分家したばかりの、大名家でござるな」

大名になりたてで、意気揚々と江戸へやってきた。その勢いで吉原へ繰り出したものの、しきたりも分からないまま太夫に袖にされ、腹を立てた。

狂雲堂が巧みにあしらった、堺から来たばかりだという紅葉太夫の客を、其角は思い出した。

そして、松井家。どこで耳にしたか思い出すまでもない。

紅葉が一言だけ漏らし、花房に遮られた名。花房を身請けしようとしたが袖にされ、それでも未練を抱いていたという、大名の名だ。

肥前の大名なら、出島が近い。阿片も手に入るだろう。質がいいものであれば、ただの痛み止めでは済まないことも、承知しているかもしれない。

加助は、「あの薬で千里さんをがんじがらめにしようと、企んだ」と言った。

その企みが、元々は花房太夫を誘拐かすために、松井という大名と岸が考えついたことだったとしたら。

だが、なぜ加助は、阿片を花房ではなく千里に使った。

なぜ、初めに姿を消したのが、初音だったのか。

落ち着け、其角。考えろ。

其角は、自分を叱り、宥めた。

ふいに、暁雲が口を開いた。

「其角。なぜ隠密同心の旦那は、妓楼の男が同心と手を組んでいると、分かったのだろうな」

暁雲の問いは、佐藤へ向けられたものだ。頑なな佐藤のやりように、合わせたのだろう。だから、其角も暁雲と遣り取りをすることにした。

「それは、探るのが御役目の方だからだろう」

「ここは、吉原だぞ。客の秘め事も遊女の憂さも、すべて呑み込んで夢を売る場だ。面番所の旦那の企みだけならともかく、妓楼の若い衆の密かな動きが、ほんの幾日かで、外から来たお人に分かるとは思えん」

黙したままの佐藤を、田沢が「いかがでござる」と促してくれた。

「妓楼のある遊女が男の動きに気づきましてな。面番所の同心は信用できないと、楼主を通じて直に奉行所へ届けがござった」

「そのような話、耳にしておりませぬが」

田沢が直に佐藤へ訊いた。

「某が、その届けを受けましたゆえ」

また、火花が散るかと、其角は冷や冷やした。直参の与力と奉行家臣の内与力の間には、埋め切れない溝があるという。

だが、やはりここでも田沢が、ふいと力を緩めた。

にっと笑って、「そうでござりましたか」と流したのだ。

余程人が好いのか、あるいは人物が練れているのか、それとも腹の裡を見せないのか。

其角がこっそり田沢を眺めたところで、頭の隅で小さな光が閃いた。

ひょっとして、と佐藤へ向かいかけ、気づいて暁雲に対して言い直す。

正直、面倒だ。

「ひょっとして、その遊女、初音さんじゃないのか」

「然(しか)り」

すぐに、佐藤から返事があった。頑なにこちらを見ないまま、内与力は淡々と続けた。

「評定所へ上げるにしろ、御奉行の裁量で内々に始末するにしろ、もう少し確かな証が要ると、我らが動いた。初音と申す遊女から直に話を聞こうとした矢先、初音が消えた。そこで懇意にしている客、吾妻屋を隠密同心に当たらせていましたが、余計な邪魔が入りましてな。絵師と俳諧師の二人組でござる」

其角は、思わず、咽(むせ)た。

咽ながら、思い当たる。吾妻屋と『大黒屋』の店先で暁雲が気にしていた視線の主(ぬし)は、きっとその隠密廻だ。勘のいい暁雲から姿を隠していたのは、さすが隠密廻というところか。

それにしても、目の前で他人事のように責められると、直に叱責されるより居心地が悪い。

ほんのりと、内与力が笑った。人の悪い色合いで。

「少々目障り、と隠密廻から知らせが来ましたので脅しをかけたのですが、思わぬ田沢殿の加勢と、そ奴らの動きに慌て、咄嗟に怪我をさせてしまった。そ奴らに田沢殿から詫びを入れておいて頂けると、助かります。その節は田沢殿にも、お手数をかけ申した」

今度は暁雲の喉が、ごふ、と妙な音を立てた。田沢は笑いを堪えている。

咄嗟に、の割には、容赦ない蹴りを貰ったぞ。あの地回りめいた男達が、奉行所に関わる連中とは、なんとも品のいいことで。

あの時、肝を冷やした返礼の皮肉を、其角は心中のみで呟いた。それから気に掛かっていたことを確かめる。

「なあ、暁雲。ひょっとすると、吾妻屋の番頭さんに、隠密廻の旦那は話を聞いていたんじゃないだろうか」

「鋭いな」

直に話しかけられ、驚いて内与力を見る。佐藤は涼しい顔のままだ。また田沢へ向かって言い添える。

「主は、初音誘拐かしの疑いがあったので、番頭に助力を頼みました。番頭は番頭で、ゆくゆくは内儀になる女と主の関わりを根掘り葉掘り訊いてくる得体のしれない二人組を、怪しんでいたようです。あの番頭は、初音という遊女を、『気立てのいい、出来た女子』だと大層買っていたので、喜んで手を貸してくれた」

「なるほど。次兵衛さんの『馬の骨』は、初音さんじゃなく、主の御内儀に迎える大切なお人を陥れた千里さんひとりを、指していたのか。それで、『あの千里』だった訳だ。それにしても、だったらわざわざ内与力様が出張らなくても、その隠密廻の旦那がいらっしゃれば済むことじゃあないのかな。なあ、暁雲」

其角は、呟いた。すかさず、田沢が口を挟む。

「隠密廻がほいほい、正体や探索の手口を明かす訳にはいかねぇんだよ。俺だって、隠密廻が誰なのか、知らねぇんだ」

大変な役目だと、其角は小さな溜息を零した。町場に溶け込み、密かに探索る。同じ奉行所の役人にさえ正体を明かさず、身の危うさを感じた時もひとりで切り抜ける。

さて、と佐藤が区切りをつけるように、切り出した。

「こちらの経緯は、只今申し上げた通り。次は貴殿の番ですぞ、田沢殿」

うーん、と田沢は首を傾げながら、困ったように笑んだ。

「某は、例繰方。探索や吟味には慣れておらぬのですが」

いい加減、面倒くさい遣り取りにも飽きた。

其角は、佐藤へ向かって申し出た。

「佐藤様。直にお話しさせて頂いてもよろしゅうございますか」

内与力は、其角を一瞥(いちべつ)したものの、何も言わない。

「お二人の計らいで、この騒動に内与力様がお出ましになった経緯をお聞かせ頂きました。今伺ったことはここだけの話、この部屋を出たら、暁雲も私も忘れます。後は、初めに仰せの通り、仕上げをご検分頂けばいい。だったら、いちいち田沢の旦那を通すなんてまどろっこしい真似は、止(よ)しにしましょう」

「おい、せっかくの佐藤殿のご厚意を――」

田沢に苦々しく窘められ、其角は「また、やってしまったか」と、唇を噛んだ。

だが、思い詰めた様子の加助から本当のことを聞き出すために、要らぬ手間は省きたい。

「いいだろう。続けよ、俳諧師」

佐藤が、静かに促した。

田沢が、面目ない、という風に佐藤に頭を下げ、じろりと其角をねめつけた。幸い、本気で怒っている風ではない。さっさとさっきの続きを始めろ、というところだろう。

さて、どうやって加助から聞き出すか。千里に阿片を吸わせ、吉原から出し、そして縊り殺した、本当の理由を。

思案を巡らせていた其角より早く、加助が口を開いた。

「さき程、狂雲堂さん、狂雷堂さんに申し上げた通りでさ。あっしが勝手に千里さんに惚れて、あっしひとりで誘拐かし、殺した」

一息で言い切った物言いは、意固地になった童そのものだ。

「なあ、加助さん」

暁雲が、しんみりと加助に語りかけた。

ここは、暁雲の勘と情に任せた方がいいかもしれない。人を怒らせる言葉の選び方しかできない自分では、余計に加助を頑なにさせてしまう。

口を噤んだ其角へ、暁雲はにっと笑い掛けてから、ゆっくり加助の側まで行って、腰を下ろした。肩を並べて座り、宙を見遣る。

ここは千里の部屋だ。どこかに残っている千里の心、魂を目で追っているのではないか。

其角は、そんな気がして、友を静かに見守った。

なあ、加助さんよ。暁雲が繰り返す。

「お前さん、それでいいのかい。そうすりゃ、本当に千里さんが喜ぶと思ってるのかい」

暁雲から遠い方の加助の肩が、強張るように震えた。

「いいも何も、あっしが千里さんを殺めたのは変わりねぇ。だから、それでいいじゃあございやせんか」

其角は、逸る気持ちを懸命に宥めた。

それでいい。

加助にしてみれば、何気なく口走った台詞だろう。

だが、「それでいい」にはきっと、こんな意味が含まれている。

このまま、何も訊かず、そういうことにしてくれ。

暁雲が、ふいに声音を明るくした。

「お前さん、千里さんのどこに、惚れなすった」

また、加助の肩が動いた。今度は、ふっと力が抜けた風に。暁雲は続ける。

「こう言っちゃなんだが、千里さんはみんな仲がいい『大黒屋』さんで、ひとり離れたところにいるように見えた。不仲だと噂の太夫二人でさえ、本当は姉妹みたいにしている中、千里さんだけが、違ってた。きっと、他の遊女仲間から弾き出されていたんだろう。初音さんの相手、吾妻屋さんに浮気の濡れ衣を着せたのも、初音さんがいなくなってすぐに、『子犬の屏風』を自分のものにしたのも、その腹いせだったんだろう。そんなお人の、どこを愛おしいと、加助さんは思いなすった」

暁雲にしては、情のない言葉の選び方だ。

其角は、加助が怒り出すのではないかと、思った。多分暁雲は、怒りを切っ掛けにして、加助から真実(ほんとう)を引き出すつもりだ、と。

けれど、加助は苦しげに声を絞り出した。

「あの人を、狂雲堂さんがそんな風に言わねぇでくれ。ひとりぼっちだった千里さんにも、明るい笑いをくれたお前さんが――。千里さんは、狂雲堂さんの『零した酒を白扇で煽いで、桜や紅葉の紙吹雪に変える』手妻が、大層お好きだったんでごぜぇやすよ。なのに、吉原で暮らす女の憂さを誰よりも分かっておいでの狂雲堂さんに、そんな風に言われちゃあ、千里さんがあんまり、気の毒だ」

言い募るうち、加助の声は湿っていった。

飛び切り静かに、暁雲は加助へ訊いた。

「加助さん。何か千里さんに頼まれなすったか。千里さんの頼みを叶えるために、自分ひとりで、一切合財被る覚悟をしておいでなんじゃあ、ないかい」

勢いよく、加助の顔が上がった。目尻が涙で濡れている。

「狂雲堂さん、どうしてそれを」

口走り、はっとして黙り込む。暁雲はにっこり笑って、いつものように大威張りで嘯(うそぶ)

いた。

「なに、ただの勘さね。けど、俺の勘は大層良く当たる。狂雷堂の折り紙つきだ」

なあ、加助さん。暁雲は、宙へ視線を漂わせたまま、しんみりと語りかけた。

「千里さんから、どんな頼みを引き受けたのか、俺は知らん。けどなあ、加助さんが惚れたお人が、本当に、こうしてお前さんをにっちもさっちもいかなくなるほどの苦境に追い込むような頼みを、するものかね。俺には、どうしてもそう思えんのだが」

加助は、押し黙って暁雲を見つめたまま、ぴくりとも動かない。

少し上を向いて、誰かに確かめるような素振りで、腕利きの幇間は続ける。

「千里さんの本当の頼みは、加助さんが考えてるのと、少ぅしばっかり、違うとこにある。そんな気がするんだ。なあ、本当はこのお人を、何とかして守りたかったんじゃあ、ないのかい」

一体、誰に話し掛けているのだか。

其角は苦笑しかけて、ふと考えた。

暁雲の『不動明王』は、動く。

だったら成仏できない遊女も、視えているのではないか。

ゆっくりと上へ向けていた目を加助へ戻し、暁雲はからりと笑った。

「こいつも、ただの勘だけどな」

加助は驚いた顔をして、暁雲をまじまじと見ている。

「あっしを、守る」

それからのろのろと項垂れ、其角にもようやく聞き取れるような声で、誰にともなく語り出した。

「あの時。一緒に逃げようと千里さんが言い出した時。確かにあの人は、呟いた。訊き返しても惚けられちまったけど。千里さんは、確かに呟いたんだ」

千里は自分を守ろうとした。加助には思い当たる節があるらしい。

何て、呟いたんだ。

正直、さっさと話してほしいところだ。けれど加助は、迷っている。

千里の言葉を口にしていいものか。頼みを反古にしていいものか。

本当に、千里は自分を守ろうとしてくれたのか。

其角は、暁雲の勘に加勢をすることにした。

「いつ、頼まれた。千里さんに」

訊いた其角へ、加助は少し辛そうに答えた。

「首を絞める、間際」

「これから首を絞められるって、千里さんは気づいてたと思うか」

小さく、けれど確かに、加助の首が縦に動いた。

軽く溜息を吐き、其角は言った。

「だったら、間違いなく加助さんを守るために、頼んだんだろうな。多分、こんな風だろう。阿片のことも、誘拐かしのことも、誰にも言わないでくれ、とかなんとか」

弾かれたように其角を見た加助の目が、丸く見開かれた。

「狂雷堂さん、どうしてそれを」

さっきの台詞の、雲と雷が入れ替わったな。

一句、作れそうだと頭の片隅で考えながら、其角は続けた。

「千里さんは、松井様って御大名や岸の旦那からお前さんを守ろうとして、口止めしたんだよ。多分な」

其角を見つめたまま、ほろほろと加助が泣いた。

声を殺して暫く泣いてから、袖で顔をぐしっと拭い、加助は頑なに噤んでいた口を開いた。

「千里さんは、心の臓を患っておいででごぜぇやした」

加助が千里の病に気づいたのは、惚れた女だから、ということもあったが、何より、同じ病で母を亡くしていたのが大きかった。

千里は他の誰にも気づかせないように、酷く気を遣っていた。

その姿、様子が、父や自分達子供に心配をかけまい、高価な薬で厄介をかけまいと、いよいよいけなくなるまで病を隠し続けた母と、そっくり同じだった。

母の様子を妙だと思いながら、加助は深く考えなかった。具合が悪いのかと、訊きもしなかった。

もしちゃんと考えていたら、一言でも訊いていたら、母を助けられたかもしれない。

そんな思いをずっと抱えてきた加助には、千里を放っておくことなぞできなかった。病に気づいた時、千里が仲間達から離れていった訳にも、思い至った。

千里は、冷たい性分でも、自分で言っているように「ひとりが気楽」な訳でもない。

それは、ずっと密かに見守り続けてきた加助が、一番よく分かっている。

楽しげに、賑やかに笑い合う遊女達を少し遠くから眺める千里もまた、楽しそうに、そしてほんのり寂しそうに、笑んでいた。

新造や禿に、表向きでは冷たい素振りをしても、裏では細やかな気遣いを欠かさなかった。

その儚げな風情と照れの混じる優しさに、加助は、惹かれた。

幾度も、加助は大黒屋の楼主か女将に病を打ち明けるよう言ったが、千里は頑なに嫌だと言った。

『きっと、黙っていて頂戴。この病が誰かに知れたら、すぐに死んでやるから』

そう必死に訴えられては、加助も黙るしかなかった。

以来加助は、密かに千里の身体を気遣ってきたが、置屋の若い衆にできることは限られている。せいぜいが卵や蜆(しじみ)、精のつくものを食べさせたり、部屋を綺麗にして念入りに温めたり、効くか効かぬか分からぬ安い薬を飲ませたり、だ。

医者を呼ぶ、高い薬を手に入れる、あるいは客の数を抑え、ゆっくり養生させる、といったことまでは、とてもではないが無理な話だった。

そうして、千里の病は、ひと冬で目に見えて重くなっていった。

それでも、千里は加助の他に病を悟らせることはなかった。

なぜこんな無理をしてまで、病を隠すのか。訊いた加助に、千里は答えた。

『遊女でなくなるのが、恐ろしいの』

自分は、幼い頃に売られてきた。外へ出ても迎えてくれる身内は誰もないし、覚えている大門の外は、恐ろしくて哀しいばかり。いいことなんて、ひとつもなかった。でも、吉原にいれば、食べるものにも着るものにも困らないし、訳もなく殴られたり蹴られたりすることもない。身請けをしてくれる程惚れてくれる客もなく、恐ろしい浮世へもう一度出てみようと思える程、惚れた男もいない。

千里は加助に笑って言った。

だから自分は、遊女の他には何者にもなれない。遊女でなくなることは、自分が失せることと同じ。命を縮めても、あの世へ行くその時まで、遊女で、自分でいたいのだ、と。

吉原は、地獄だと言う人がいる。けれど、時に浮世は、吉原よりも恐ろしい顔を見せる。千里にとっては、まさしくそうだったのだろう。

身の上話を聞いてから、加助は千里に言えなくなった。

無理をするな。病を楼主に打ち明けろ、と。

そうして考えるようになった。治せないのなら、せめて、心の臓の痛みを少しでも楽にしてやりたい。

面番所の同心、岸が加助に声を掛けてきたのは、そんな時だった。

『お前、金が要るのだろう。いい話がある。乗らぬか』

岸は薄笑いで、囁きかけてきた。

加助は、店から給金の前借りをして、千里のための食べ物や火の保ちがいい炭を手に入れていた。前借りだけでは追いつかず、いよいよ、吉原の外で金を借りようとしたところを、岸に見られたのだ。

危ない話なのも、一度聞いたら断れなくなることも、すぐに察しがついた。

加助は初め、のらりくらりと惚け誤魔化し、岸を避けていた。

だが岸は、加助が何に金を使っているのか、あっという間に調べ上げた。

病持ちを抱えているのは、分かっている。女か、身内か、いずれにしろ金が要るだろう、と。

そして岸は、ある企みを打ち明けた。

阿片という痛み止めの薬を使って、花房太夫を思いのままにする。

元々は高価な痛み止めだが、天にも昇るような心地よさが味わえる。その心地に酔って使い続けると、知らぬ間に止められなくなる。唐渡りなぞではない。南蛮ものの飛び切り質のいい薬だ。効き目は折り紙つき。なにしろ出島の近く、肥前の大名の持ち物だ。

それを使って花房に言うことを聞かせる。

身請けの話を受ければ、それでよし。

頑なに拒めば、薬を餌に誘拐かす。その仕度も整えてある。

岸としては、「聞いたからには、もう抜けられないぞ」と脅すつもりの話だっただろう。

けれど加助は、「痛み止めの薬」という言葉に飛びついた。

御大名の持ち物、南蛮ものの痛み止め。

千里の心の臓の痛みにも、効くかもしれない。

加助は、岸の企みに乗る振りをした。

花房太夫に使わせていることにして、その薬を千里へ回す。

後のことは、考えていなかった。

ただ、千里を少しでも楽にしてやりたかった。少しでも長く、『大黒屋』の格子でいさせてやりたかった。

同心から預かった阿片は、良く効いた。

阿片は、火を点けて煙管で吸うのだが、煙草とは見た目も味もかなり違う。扱いにもこつがいるので、千里にそれと気づかせず阿片を吸わせることは難しかった。

だから、「行きずりの生臭坊主から教わった、薬草を練って作る痛み止めの薬だ」と偽って吸わせた。

初めのうち、千里は苦いの不味(まず)いのと文句を言っていたが、じき、大人しく吸ってくれるようになった。

心の臓の痛みが消えるだけでなく、身体も心も楽になる。目の前に迫った命の日限(ひぎり)の怖れも薄くなると、千里は加助に微笑んだ。

このまま、もう少し。

あと三日。あと五日。

加助は祈るように、阿片を千里に吸わせた。

同心には「なかなか、効かない」と誤魔化し、値の張る薬ではないのかと案じる千里には、「林の少し奥まで入れば、いくらでも生えている薬草だから」と偽り。

せめて、梅の季節まで。桜が散るまで。

そうやって、少しずつ、小さな希みを積み重ねて。

次は、藤。いや、蛍も見せてやりたい。少し大振りな希みを胸に抱いた時、岸が怪しみ始めた。

本当に、花房太夫は阿片を吸っているのか、と。

どうやって、誤魔化そう。

加助が岸を騙(だま)すことに気を取られている時、思いもよらぬところから、加助の希みにも岸の企みにも、綻びが生じた。

心の臓が痛むらしい千里へ、いつものように阿片を吸わせようとしたところを、当の千里に厳しい顔で止められた。

『加助さん。この痛み止めの薬、本当は何』

いつもの偽りで押し切ろうとした加助を遮って、千里は問い詰めてきた。

『初音さんが訪ねてきて、こう言ったの。加助さんには、気を許さない方がいい。岸の旦那と、もっと偉い御方の手先になって、恐ろしい薬で花房太夫を誘拐かそうとしている。加助さん。ひょっとして、その企みに関わってるのじゃない。この薬を使って何かしようとしてる。それとも、誘拐かしを手伝う見返りに、高価な薬を手に入れてるの』

本当のことを教えてくれなければ、金輪際薬は吸わない。辛そうに胸を押さえながら、千里は言い張った。

仕方なく、加助はこれまでの経緯を打ち明けた。あんまり千里が辛そうで、一刻も早く阿片を吸って貰いたかったのだ。

話を聞き、阿片を吸って落ち着いた千里は、少し考えてから加助に言った。

『二人で、逃げましょう』

外は恐ろしいのではなかったのか。あの世へ行くその時まで遊女でいたいのではなかったのか。

訊いた加助を見ずに、千里は呟いた。

『そんなことより、お前さんが大事。決して、死なせたりしない』

聞き違いかと、思った。

あんなに、外は厭だ、遊女でなくなるのが命を縮めることより恐ろしいと言っていた千里が。

その怖れより、加助が大事だと。

信じられなかった。だから訊き返した。今、何と言ったのか。

けれど千里は、柔らかく笑ってはぐらかした。

『なんでもない。気にしないで頂戴』

そして、目を険しくして加助に訴えた。

初音は多分、このことを黙っていない。ひょっとしたら、もう楼主や女将に告げているかもしれない。そうしたら、町方からも、岸とその後ろにいる大物からも、加助と自分は追われることになる。その前に手を打たなければ。

千里は、花房が肥前の大名を手酷く袖にしたらしいことを、知っていた。恐らく岸の後ろにいるのは、その御殿様だろうと踏んだ。気風(きっぷ)のいい紅葉太夫と違い、おっとりした花房太夫に敵は少ないし、無体な馴染客もいない。思い当たるのは、そいつくらいだ、と。

策は、千里が練った。

加助はまず、千里と示し合わせて「吾妻屋の浮気騒ぎ」をでっち上げた。初音が揚屋へ出向いている夜を狙って、吾妻屋からの文のうち、適当なものを千里が盗み出し、浮気の証にした。

初音の周りで騒ぎを起こし、そちらに周りの目を向けさせるためだ。これで少しでも時を稼ぐ。

その隙に、加助が岸に脅しをかけた。

千里に事の次第を知られた。千里は、花房太夫ではなく自分を身請けさせるように、岸の後ろの大物に話を通せと、言っている。

千里は、加助に念を押した。

『いい。岸の旦那が怒りだす前に、企てが漏れたのは岸の旦那かららしいと、伝えるの。くれぐれも、下手に恐る恐る、よ。そうして、肥前の御殿様に知られる前に、千里を始末するしかないと持ちかける。吉原では拙いから、旦那が花房太夫を連れ出すために整えていた手筈を使って連れ出し、外で殺そう、と』

千里を殺すなぞ、とんでもない。夢中で止めた加助に、千里は、馬鹿ね、と笑った。

加助が初めて見る、曇りのない、心底楽しそうな笑みだった。

『そう言って、騙すのよ。置屋から騙して連れ出すのも、外へ出た後、隙を見て始末するのも自分がやる。岸の旦那は、大門を巧く抜ける手筈と、隠れ家を頼みますって。そうね、多分もう、誘拐かした花房太夫を一時隠すための庵か一軒家を都合してあるのでしょう。そこへ連れ込もうって言うのがいいかしら。それから、怪しまれては拙いから、旦那は決して隠れ家に近づかないでくれ、と念押しして。いい、加助さん。一世一代の大芝居だと思ってやって頂戴。私に惚れてるなんて、おくびにもだしてはだめよ。自分が助かるために、どうでも千里を始末する。そう腹を括っていると、旦那に信じ込ませるの。大丈夫。あいつは遊女を蔑んでいるから、自分の刀を汚すのも厭がるでしょう。だから、きっとうまく騙せる』

本当に、楽しそうだ。病を忘れている風にさえ見える。

いきなり、生き生きしだした千里を眩しく眺めながら、加助は訊いた。

そんな策、どうやって思いついたのか、と。

明るかった千里の笑みに、寂しさが蘇った。

『遊女仲間とも間合いを置いていたし、空いた時を潰すのに、草子や読売に芝居の筋書き、色々読んでいたから、かしらね』

いつもの透き通るような千里に戻ってしまったことに慌てて、加助は一際景気のいい声を上げた。

一世一代の大芝居、きっとやり遂げてみせる。だから、外へ出たら、巧く逃げおおせたら、一緒に外を見物しよう。ひとつでも、千里が「外は楽しい」と思えることを、しよう。

『馬鹿ね』

繰り返した千里は、本当に嬉しそうだった。

加助が懸命に岸を騙している隙に、初音が再び千里に詰め寄った。なぜ、吾妻屋が浮気をしたと嘘を吐いたのか。まだ加助といるのか、と。

次の日、初音が姿を消した。

千里は、もう時がないと言った。岸を嗾（けしか）け、吉原を出た。

足抜けには、岸が都合した偽（にせ）の大門切手と、銭を握らせた駕籠を使った。

本当は、吉原へ入っていない芸妓の偽手形を使い、酒を過ごして酔った芸妓の振りで顔を伏せ、岸が肩を貸し、大門を抜けた。そこからは加助が、誰かに「芸妓」の顔を見咎められる前に、待たせていた駕籠へ千里を乗せた。

面番所の同心が手筈を付けただけあって、呆気なく、千里は吉原の外へ出た。

隠れ家の庵があったのは浅草寺裏手の百姓地で、驚くほど吉原と近かった。千里の病にとっては良かったが、いつ追手がかかるかと、加助は肝を冷やした。

一方の千里は落ち着いたもので、心配いらないと、加助を宥めた。

恐らく肥前の御殿様の持ち物だろうから、ここまで探りにはこない。近くに住む人達も、御殿様が御屋敷に上げられない妾を囲ったのだと思うはずだ、と。

小さいが居心地のいい庵で、岸の目を盗みながら二人で過ごした日々は、十日に満たなかった。

加助は、吉原での仕事をこなしながらのことだから、時にすれば本当に短い間だ。

それでも、幸せだった。

今際（いまわ）の際（きわ）まで遊女でいたいと願っていた千里のために、加助は、せめてもと華やかな古着を幾枚も手に入れ、一方で、外の様子が少しでも分かるように、花を摘んだり、蝶を捕ってきたりした。

けれど千里は、浅草寺さえ見に行くことも叶わず、見る間に弱っていった。

加助も、何より千里自身も、分かっていた。

阿片は、痛みを誤魔化す薬だ。心の臓を治す薬ではない。

その時は、ふいにやってきた。

見たことがないほど激しく苦しみながら、千里は加助にしがみついて頼んだ。

『殺して頂戴。今すぐ。加助さんの手で』

駄目だ、嫌だ。叫んだ加助は、自分で気づかないうちに泣いていた。

子供のように泣きじゃくりながら、ただ、駄目だ、と繰り返した。

けれど千里は、重い病とは思えない力で加助の手を握り、言った。

『病なんかで、死にたくない。初めて心底惚れてくれた男の手にかかって、死にたい。遊女として死ねないのなら、色恋に溺れて、死にたい』

頭の中が真っ白になった。

せめて、苦しまずに逝かせたい。見せてやれなかった浅草寺や隅田川、江戸の景色よりも綺麗な極楽を見ながら。そんな考えだけが、頭の中に渦巻いていた。

加助は、夢中で阿片の仕度をした。

千里が煙管を吹かすごとに、黒い瞳に霞が掛かり、息が穏やかになっていく。

けれど、その息は弱々しく。痩せ細った指は、煙管を持っているのも怠そうで。

のろのろと、手拭いを持った自分の手が、千里の首に伸びた。

手拭いを華奢な首に一巡りさせた時、千里がふっと微笑んだ。

『頼みがもうひとつ、あるの』

頼みって、何です。訊いた自分は相変わらず泣きじゃくっていて。千里は呆れたように、笑みを深めた。

『このことは、二人だけの内緒にして頂戴。私が加助さんに頼んで、殺して貰ったことも。肥前の御殿様や岸の旦那のことも。阿片のことも。いい。二人だけの内緒よ』

なんで。どうして。子供のように、夢中で訊いた。加助は、千里の頼みを聞いてすぐに番屋へ行くつもりだったのだ。

『いいから、言う通りにして』

それから、笑みを楽しげなものに変えて、千里は付け加えた。

『いずれ、加助さんがあの世へ来た時、二人だけの内緒があれば、どんな風になっていても、お互い相手が分かるでしょう。ね』

千里の白い額に、脂汗が滲んでいた。

阿片の効きが悪くなっている。薬に慣れてしまったのか、病が薬に勝ち始めているのか。

千里が、目を閉じた。すぐに思い直した風で目を開け、加助に笑い掛けた。

『加助さんの顔を見ながら、あの世へ行くわね』

手拭いを摑んだ加助の両の拳が、震えた。

加助は、眼を逸らさなかった。

寂しい想いをさせながら、逝かせる訳にはいかなかった。

——あっしも、千里さんから眼を逸らさずに、送りやす。

拳の震えが止まった。

千里の骨ばってしまった指が、加助の頰に触れた。

加助は、千里の首を一巡りさせた手拭いを、ゆっくりと、左右に引いた。

＊

加助は、涙を袖口で拭き、言い添えた。

「もう少し、暖(あった)かくなったら、舟遊びでもしよう。日本橋の賑やかな辺りも見物したいって。千里さん、楽しみにしてたから、骸を乗せて隅田川から楓川に入りやした。あの辺りなら、すぐに誰かが見つけてくれる。骸が千里さんだと知れりゃあ、足抜けだろうと誘拐かしだろうと、遊女として葬られる。どんなに酷い扱いでも、それが、遊女として死にたいと言っていた千里さんの希みだと思ったから」

「綺麗な、顔をしていたな」

暁雲が静かに話しかけた。

加助が、小さく頷く。暁雲は続けた。

「極楽を見たような顔だった。どんな極楽だったのか、俺達にゃあ分からないが、きっといい眺めだったんだろうさ。そりゃあ、幸せそうな顔だった」

其角は、そっと考えた。

幸せの理由が阿片に酔っていたせいなのか、惚れてくれた男の手で、色恋に溺れて死ねた嬉しさなのかは、分からないけれど。

其角の内心を全て見透かしているように、暁雲が先を引き取った。

「苦しまずに逝けて。極楽を見たような幸せと共にあの世へ旅立てて、よかった」

加助は、また泣いていた。

「お前さんも、辛かったな」

「あ、あっしは、何も。千里さんの頼みをこの手で叶えた。いつかあの世で会う時の割符は、反古にしちまったけど。それでもこんなに嬉しいことは、ありやせん」

泣きながら、加助は言った。

それで、丁度千里が死んですぐの頃に会った加助は、寂しそうで辛そうで、そして嬉しそうだったのだ。其角は思い当たった。

暁雲が、加助の肩を二度、軽く叩いた。

「辛かったさ。先がないのを承知していて、それでも一緒に逃げる程惚れた女を、いくらその女に頼まれたからといって、自分の手で殺めたんだ。その前から、病をどうにもしてやれない、ただ見守るしかできない自分が、もどかしかったろうに」

加助の嗚咽が、獣めいた慟哭に変わった。

暁雲が、深く柔らかな声で、加助を慰めている。

「何も心配はいらぬよ。割符なんぞなくたって、千里さんも加助さんも、あの世で会えば一目で分かる。そうだろう。それには、まずこの世で為すべきことをし、きちんと命を生き切らねばな。でないと極楽にいる千里さんとは会えないままだ」

泣きながら、加助は幾度も頷いた。

泣いて、頷いて、ようやく落ち着いたのだろう、涙でぐしょぐしょになった顔を内与力の佐藤へ向けた。

「お手数をおかけいたしやした。どうぞお縄を」

そう言って、頭を下げる。

佐藤は、暫く加助を心裡の見えない眼で見つめていたが、やはり淡々とした声で加助に訊いた。

「千里に与えた阿片は、未だ残っておるか」

「へぇ」

殊勝な応えと共に、懐から小さな木箱を取り出し、佐藤へ渡した。佐藤が加助に訊く。

「なぜ、始末しなかった。危ういとは思わなんだか」

ふっと、加助がほろ苦い笑みを浮かべた。

「おっしゃる通り、危ねぇとは分かっちゃいました。けど、阿片も煙管も、千里さんに繋がるもんは何ひとつ、捨てられなかったんでごぜぇやす」

佐藤は、淡々と「そうか」と応じ、問いを続けた。

「千里を足抜けさせた折の大門切手。委細は分かるか」

「大体のところは、覚えておりやす。騙った芸妓の姐さんの名、素性。年格好に人相、ほくろなんぞは、千里さんと辻褄が合うようになってやしたし」

「今申したこと、奉行所の御調べでも違わず申せるか」

きゅっと、加助は背筋を伸ばした。

あの世で、胸を張って千里に会うために。会って、助けてくれた礼を言うために。

そんな決心が、其角には聞こえた気がした。

「へぇ。間違ぇなく」

そうか、と頷き、佐藤が立ち上がった。

「では、行くぞ」

加助は戸惑った顔で、「あの、御役人様」と、内与力を呼び止めた。

「某は、内与力。咎人を縛める縄は持ち合わせておらぬ。大人しく付いて参ればよい」

其角は、こっそり笑った。

正直に白状した者に、縄目は不要。そう言ってやればいいのに。田沢の旦那と違ってとんだへそ曲がり、どっこいの人の好さだ。

加助を促し、部屋を出ようとした内与力を、其角は呼び止めた。

「お待ちを」

佐藤がふと足を止め、其角へ振り返って見下ろす。何だ、という風に。

「加助さんに、訊きたいことがございます」

佐藤は何も言わない。ただじっと其角を見つめているのみだ。邪魔立てするな。あるいは、余計な口を利くな。そういうことだろうか。

たじろいだ時、田沢が早口で囁いた。

「訊くのなら、さっさと訊け。そういうこった」

まったく、分かり辛い。

恨めしく思ったが、田沢の言う通り、余計なことに気を取られず、さっさと訊くことにした。

「千里さんは、どうして初音さんの屏風を貰い受けたんだろう」

加助は、ああ、あれですか、と遠い目をして答えた。

「千里さんは、知りたかったんです。好いた男に想われるってのは、どんな幸せな気持ちなんだろう。ほんの少し、羨ましかったのかもしれねぇな。外へ出ることが、真っ新な幸せに感じられる初音さんのことを。だから、初音さんの幸せの証、屏風を手に入れてみれば、少しは初音さんの気持ちが分かるかもしれない。どうせ手に入れても、すぐに自分は吉原を出るんだから、実のところ、ほんのちょっと借りるつもりでね」

それから、ふっと寂しそうに加助は笑って、言い足した。

自分は千里に惚れていたけれど、千里は自分を好いてはくれなかった。初めて真面目に想われて嬉しい。有難い。千里の気持ちは、それだけだったから。

「切ないな。千里さんも、お前さんも」

知らず、胸の裡が言葉になって其角の口から零れた。

加助が、穏やかに首を横へ振った。

「あっしは、そうでもありやせん。千里さんは病のことであっしを頼ってくれた。あの世へ行く間際まで、あっしを気遣ってくれた。それだけで充分。釣りがきまさぁ」

もう良いか、という風に佐藤が行きかけたので、其角は急いで続けた。

「『屏風の子犬が動いた』って、あれ。本当に千里さんが言った話だったのか」

「ええ、そうですよ。阿片は幻を見せることもあるってぇ話ですから。眺めてる裡に、動いたように見えたんじゃあございやせんか。元々、どっから見てもこっちを見てる、ちょっとばっかし薄気味悪い犬っころでしたしね」

「で、なぜ、加助さんはそれを口にした」

「さあ、なんででしょう」

「神隠しということにして、殺しを誤魔化そうとしたのか」

あーあ、と、暁雲が呆れた声を上げた。これは自分でも分かっていた。加助を怒らせる、傷つける物言いだ。

けれど、加助はまるで佐藤にでもなったかのように、静かに受けた。

「そうかもしれやせんね。それから、ちっとは――」

「ちっとは」

加助が言い澱んだ言葉をそのまま繰り返すことで、其角は先を促した。加助が、照れた様子でこめかみを掻きながら、もそもそと続ける。

「千里さんを、初音さんに近づけてやりたかったのかも、しれやせん。同じ屏風を見て、同じようなことが起こり、同じように感じた。そんなんで、千里さんが初音さんと同じ幸せを味わえる訳でもねぇ。下らねぇ小細工でさ」

「だから、気にしていない風なのに、楽しげだった。加助さんが、楽しげだと、付け加えた」

「へぇ」

「そろそろ、構わぬか」

佐藤に急かされ、其角は「充分です」と答えた。

うむ、と頷き、佐藤が田沢へ向き直る。

「田沢殿」

「は」

「残る三人の遊女が消えたからくり、某に代わって検分していただけまいか」

「承知いたしました」

頼みます、と言い様、佐藤は声音を厳しいものに変え、

「俳諧師。絵師」

と、其角、暁雲を呼んだ。

揃って頭を下げると、内与力は声に刃のような鋭さを足し、釘を刺してきた。

「某と田沢殿の遣り取りばかりではない。お主らが耳にし、口にした、この件にまつわる

全てのこと、他言無用だ」

同じ余計な首を突っ込んだ者同士——田沢は与力とはいえ、例繰方だ。探索、吟味には直に関わらない——なのに、随分と扱いが違う。

ちょっとした不平を覚えたが、ここは神妙に頭を下げるだけにしておいた。

去り際、加助がこちらを振り向き、愛おしげに千里の部屋を見回した。

細かい道具、小さな柱の傷、微かな匂いの名残、全て覚えておこうとしているようだった。

それから其角と暁雲に深々と頭を下げ、さっぱりした足取りで、佐藤と共に去って行った。

加助は、どんな裁きを受けるのだろう。

其角は気が気ではない分、かえって訊けなかった。

それこそが田沢、例繰方の本分だからだ。

人殺しは、死罪。

裁きの委細を知らなくても、それくらいは分かる。

けれど加助が、ただの「人殺し」として扱われることに、其角は合点がいかなかった。

せめぎ合う内心を、いつものように暁雲が察してくれたらしい。

「田沢の旦那。加助さんはどうなるんでしょう」

「分からねえな。俺は、吟味方じゃねぇ」

田沢の答えは、あっさりしていた。

「ただ、経緯が経緯だ。吟味で包み隠さず、しおらしく白状すりゃあ、肥前の御方と岸ってぇ同心の悪事を暴く助けになったってぇことで、巧いこと死罪は免れる、かもな」

そういう例えは、いくらでもある。

田沢は、静かな力を込めて付け加えた。

そうなればいい。

其角は心の底から、願った。

加助は、早く千里のところへ行きたいと、思うかもしれない。

死罪を免れたとしても、恐らく島流しだ。辛い日々が待っている。

それでも、千里が病で死ぬことを嫌がったように。

其角は、加助に千里殺しの咎で、死んで欲しくはなかった。

加助を助けようとした千里のために。加助の一途(いちず)な恋心のために。

辛い日々の中で、千里を弔う。そんな罪の贖(あがな)い方もあっていいのではないだろうか。

「おい」

加助へ思いを巡らせていた其角は、いきなり田沢に声を掛けられて、驚いた。

「な、なんです」

「失せた三人は、どうした」

早く教えろ。すぐに見つけて来い。そう続きそうな勢いで、田沢が迫る。

其角が往なす前に、暁雲が悪戯な顔で田沢に言った。

「あんまり、慌てない方が良さそうですよ、旦那。先に吉原の花を盗もうとした悪い奴をひっ捕えた方が、かえって話は早い」

其角は、仰天した。ついさっきの驚きなぞ可愛いものだ。

其角が田沢を宥めようとしていた同じ台詞を、暁雲が口にしたからだ。

「まさか、そいつも勘だなんて、言わないよな」

じろりとねめつけた其角に、暁雲は涼しい顔で嘯いた。

「これは勘じゃない。其角の顔に、そう書いてあった」

八章　犬のからくり

夜明け前の一際暗い闇が、動いた。

大門脇、町奉行所の役人が詰めている面番所である。

僅かな音を立て、戸が開く。

番所の裡は、変わらず静かだ。

向かいの四郎兵衛会所も、寝静まっているのか物音ひとつしない。

遊女の足抜けも容易く叶いそうな、珍しい静けさだ。

番所から出て来たのは、同心、岸である。町奉行所同心の証、黒の巻羽織姿ではない。

出て来たばかりの番所と、向かいの会所をそっと窺い、待合辻を振り返り、忌々(いまいま)しげに舌打ちをして、大門へ向き直る。

足音を立てずに大門脇の木戸へ。その指が閂(かんぬき)に掛かった時――。

「どこへ行く」

穏やかな声が、岸の背に掛けられた。

振り向いた岸は驚いた顔をしたが、すぐに諂うような笑みを顔に張りつけ、声の主に応じた。

「これは、佐藤様。今宵は吉原へお泊まりでございましたか」

北町奉行所の内与力は、岸の言葉が聞こえていないかのように、自らの問いを重ねた。

「まだ、門を開けるには早かろう。次の詰番の同心が来る刻限でもない」

「ああ、こっそりお出ましになるのでしたら、こちらから――」

「痴れ者」

鞭のような叱責に、岸が大きく慄いた。

佐藤はすぐに物言いを淡々としたものに戻し、岸へ告げた。

「面番所の同輩、配下が気づかぬと思うたか。会所の者が見逃すと思うたか」

顔色を失くして、閉まったままの番所の戸、会所の戸を見比べる。

どちらも開く気配はない。

「試しに某に刃向かい、逃げてみるか。今ここで騒げば、貴様と肥前の御方の企みは大門裡に知れ渡ることとなろう。吉原中の謗りを受ける覚悟があるなら、それも構わぬが」

長い間を置いて、岸の身体ががくりと地に落ちた。

「一番の見せ場を、佐藤の旦那に持ってかれましたね」

暁雲にからかわれた田沢が、番所番の淹れてくれた熱い茶を啜り、涼しい顔で言い返す。

「俺は、例繰方だ。派手な役処は性に合わねぇよ」

其角も貰った茶を口にして、小さく息を吐いた。一睡もしていない頭と身体に、熱くて渋い茶が染み渡る。

「残る三人の遊女が消えたからくりの検分」を佐藤から頼まれていた田沢は、一刻も早く遊女の行方を知りたがった。けれど、それには「花盗人」――遊女を誘拐かそうとした奴をどうにかするのが早いという、其角と暁雲の言い分を聞いてくれた。

肥前の大名と繋がり、加助を使って花房太夫を誘拐かそうとした岸は、昨夜が面番所の詰番だった。加助が佐藤に捕えられたことは、岸の耳にも入っているだろう。きっと、自分が誘拐かしに関わった証を消し、逃げ出そうとする。

吉原が起きている間に詰番が抜け出しては目立つ。岸が逃げるなら、泊まった客の見送りが始まる明け六つの一刻程前、不寝番を除いた吉原中が深く寝静まっている頃だと、吉原に詳しい暁雲は読んだ。

加助の言い分だけで捕えては、しらを切られることもある。逃げ出すところを押さえた方がいい。これは其角の案だ。

そこで田沢は暁雲の手を借りて、岸に悟られぬよう面番所の他の連中と会所に事の次第を知らせ、「その時」まで知らぬふりをしているよう、指図した。

田沢の口利きで、其角と暁雲も会所に潜ませて貰い、番所の様子を窺った。

そこへ、加助を奉行所へ連れて行った佐藤が、一人で戻ってきたのだ。

この先どんな裁きが下るとしても、今はともかくことを大きくせず岸を捕えることが肝要、という奉行の指図を伝えに来たのだという。ならば、目立たぬように仕上げは佐藤殿が、と、田沢が促したのだ。

番所にいた目明し一人を従え、加助の時と同じように淡々と岸を引っ立てて行った佐藤を見送り、其角と暁雲、それに田沢は、番所で茶を貰い、一息吐いたところなのである。

田沢が、残りの茶を勢いよく飲み干し、「さて、と」と呟いた。

腕を組み、其角と暁雲を見比べて、切り出す。

「いい加減、教えて貰おうじゃあねぇか。岸の奴もとっ捕まえたんだしよ」

元々、伝法（でんぽう）な物言いの男であったが、今は磨きが掛かっている。昨夜一睡もしていない疲れもあってか、与力の体面を取り繕う気が失せているらしい。

「生きてるんだろう。他の女達は」

田沢が確かめるように続ける。

暁雲と其角は顔を見合わせた。暁雲が任せる、というように笑った。

「では、参りましょう」

其角は田沢を促し、立ち上がった。

「どこへ、だい」

問うた田沢へ、其角は小さく笑って答えた。

「『大黒屋』です」


『大黒屋』では、泊まり客の見送りがすっかり済むまで、待たされた。

其角達三人は、花房太夫の部屋へ通されたが、主の留守に足を踏み入れるのは、正直気が引けた。あの世へ旅立ってしまった千里の部屋とは、訳が違う。

花房太夫の部屋の周りは、格子など格が上の遊女の部屋が並んでいる。揚屋で宴を張るような格の女達は、客の相手も揚屋でするので、皆出払っている。置屋で客を取り、見送るのは格下の遊女のみだから、辺りはしんと静まり返っていた。

とうに辛抱疲れしていた田沢が、苛々(いらいら)と身体を揺すり始めた時、ようやく人の近づいてくる気配がした。

「お待たせいたしまして、あい済みません」

明るい娘のような声が、襖の向こうで掛かる。女将のおりんだ。

「お待ちしておりましたよ」

暁雲が促すと、からりと軽い音をたて、襖が開いた。

相変わらず、町場の娘のような明るい顔、佇まいである。『大黒屋』の遊女が他の置屋の女達より明るく見えるのは、女将であるおりんの明るさによるところもあるのだと、暁雲は言っていた。

そして、それが曲者だ、とも。

娘めいた明るさに気を抜いていると、痛い目に遭うのだそうだ。

いざという時――足抜けに浮気、汚い手を使って客を奪ったり仲間を貶めたり。『大黒屋(おおきや)』の取り決めに逆らうことを、女は勿論、若い衆や下働きが仕出かした時のことだ――に恐ろしいのは、楼主よりも、女将なのだそうだ。

だからこそ、この場に楼主ではなくおりんが出張ってきたのだろう。

そうと知ると、邪気のない笑みも、まろやかな顎の線も、かえって凄みがあるように見えてしまうから、人の眼というのは、つくづくあてにならない。

其角は、おりんのきらきらした瞳を、腹を据えて見返した。

「初音さん、みゆきさん、それに花房太夫はどこです」

邪気のない笑み、きらきらした瞳はそのまま、おりんが冷たい気配を纏った。

田沢が、驚いたように其角を見、おりんを眺め、身体を縮めて「桑原、桑原」と呟いた。

暁雲だけが落ち着き払った顔をしている。

「それを知りたいのは、誰よりも私どもなのですけれどね」

「女将」

其角がおりんを呼んだ声は、微かに上擦って響いた。喉の奥に閊えたものを、さりげなく押し退け、続ける。

「岸の旦那は、お縄になりました」

おりんの目つきが、険しくなった。其角は言葉を重ねた。

「松井の御殿様の企みも、遠からず御公儀の知るところとなるでしょう」

「あら、いやですよ。御殿様だの、御公儀だの。狂雷堂さんは、何をおっしゃっているのかしらね。それから、何ですか。岸の旦那が、どうなすったって」

ころころと、曲者の女将は若い娘のように笑った。

「巧くない芝居は、止(よ)しにしませんか。お互い、時の無駄遣いというものだ」

おりんの顔色が変わった。暁雲が「やれやれ」とばかりに溜息を吐く。いつもの通り怒らせたのだろうが、今ばかりは構っていられない。

「加助がお縄になったのは、ご承知ですね」

しぶしぶ、という様子で、おりんが頷く。

「いくら問い詰めても、加助さんからも岸の旦那からも三人の行方が聞き出せないとなった時、次に疑いが向くのは、『大黒屋』さんだ」

何か言い返そうと、おりんが息を吸ったところへ、其角は早口で言葉を被せた。

「誰だってそう思う。この吉原で、遊女が三人も消えた。『三浦屋』さんと張る妓楼から、あの会所にも悟られず。極めつけは、三人のうち一人は、太夫ときている。妓楼の誰かが関わっていなければ、こんなことは起きない」

「うちの者が、怪しいと、狂雷堂さんはおっしゃる」

厳しい物言いの奥に、微かな揺れが感じられた。

一転、其角はにっこりと笑んだ。

「私が疑っているのは、女将とご楼主です」

「狂雷堂さんは、面白いお人だこと。ねぇ、狂雲堂さん」

おりんが、暁雲に話を振った。半分脅しのつもりだろう。其角を黙らせないと、うちの遊女の宴には、金輪際呼ばないぞ、と。

けれど暁雲は、「さあ、あっしは何とも」と、あっさり往なした。其角は一気に畳み掛けた。

「そんなに時は残っていませんよ、女将。加助さんは御役人様に、千里さん殺しの経緯と、花房太夫誘拐かしの企みを、もう洗いざらい話しています。その加助さんが今更隠し事をするだろうか。奉行所はそう考えるでしょうね。そうして、この妓楼へお調べの手が伸びる。遊女にも、若い衆にも、下働きにも。そんな騒ぎになる前に全て明かしてしまった方が、お上の眼も少しは和らぐ」

ひゅっと、おりんが息を呑んだ。

其角は、勝手に種明かしをすることにした。

本当に、時がないのだ。佐藤は一旦任せてくれたが、それもいつまで保つのか、甚だ心許ない。奉行の指図で内与力が動いた。奉行所の同心が捕えられ、大名家の当主が関っていると知れた上は、悠長に構えているはずがない。

「これは私の推量ですが、多分当たっているでしょう。女将とご楼主は、奉行所の指図を聞かなかった。後々、咎めを受けるのは覚悟の上で、三人の遊女を隠した。いや、匿った、と言った方がいいかもしれない」

楼主と女将は、花房太夫誘拐かしの企みを初音から聞き、奉行所に助けを求めたものの、役人達は『大物を釣り上げる手助けをしろ』と言ってきた。一番後ろで糸を引いている奴の尻尾を摑むまで、知らぬ振りをしていろ、と。

けれどそれでは、遊女の身が危うくなる。

誰よりもまず、企みを知ってしまった初音。みゆきは花房太夫の側にいる新造だ。色々気づくことはあっただろう。そして、当の花房。

面と向かって奉行所に逆らい、匿う訳にはいかなかったから、表向き言う通りにする振りをした。

加助が千里とぐるになって言い出した「吾妻屋の浮気」も、加助を疑っていると悟らせないために、二人の言い分と子供騙しの証を鵜呑みにしている振りをした。千里が姿を消したのには戸惑ったが、多分加助が逃がしたのだろうと、暫く様子を見ることにした。一方で、初音の言葉、千里の呟きを取り上げて、『動く屏風の子犬』を絡めた神隠し騒ぎをでっち上げた。

ほとぼりが冷めたら、神隠しから無事戻ってきたことにすればいい。

けれど、と其角はおりんの目を見て、続けた。

「町方の探索は、甘くない。どこに匿っているか、いずれ知れる。そうなってから『実は助けるために匿っていました』と申し開きをしても、信じて貰えるかどうか」

おりんは、其角を睨んでいる。その鋭い眼差しの奥は、さっきよりもはっきりと迷いに揺れていた。

もうひと押しだ。

「今なら、内与力様から検分を託された与力様がここにおいでです。またこの御仁の人好さといったら、呆れる程でしてね。きっと、巧くお取り成し下さいます」

暁雲のような言い振りだ。其角は自分のらしからぬ滑らかな物言いを、こっそり笑った。

「おい、勝手に人を『話の分かる役人』にするな。大体、呆れる程って、何だ。呆れる程って」

ぶぅぶぅと、田沢が文句を言った。まんざらでもない、という顔をしているけれど。

おりんは、田沢を見、其角を見、そして暁雲を見た。暁雲に向けられた視線は、助けを求めているように、其角の目に映った。

ゆっくりと、おりんが顔を伏せた。

諦めるような、何かを決心するような短い溜息を吐き、『大黒屋』の女将はぽつりと呟いた。

「旦那の前で、こんなこと言うのもなんですけれど」

すかさず、田沢が応じる。

「構わねぇよ。俺ぁ物書き与力だ。普段は探索とは無縁でね。だから探索の奴らとの柵も、あってねぇようなもんだ。ちょっとばっかし陰口言ったたって、気にしやしねぇ」

少し剽げた、軽やかな物言いに、おりんの目許が和んだ。小さく頷き、呟きの続きを口にする。

「いつものように、会所へ知らせるんだった。奉行所へなんか、助けを求めるんじゃなかった。私も亭主も、心底そう思いましたよ。岸の旦那とその後ろにいる御方の尻尾を摑むまで、加助を泳がせろと言われた時。そして、初音から直に話を聞かせろと、言われた時。狂雷堂さんのおっしゃる通り、それじゃあ、初音や花房太夫の身が余計に危うくなるのは、目に見えていましたから」

田沢が、低く唸った。

「そりゃあ、なんとも面目ねぇ」

もごもごと、田沢がおりんに詫びる。

今日初めて、おりんが掛け値なしの笑みを見せた。そうして、おっとりと立ち上がる。

「ご案内、いたしましょう」

言い置いておりんが向かったのは、階下、勝手からも厠からも遠い、奥の部屋だった。
一見、納戸に見える部屋の木の建具は、納戸よりも厳つい作りで、南京錠が掛けられている。

ここは、何だ。

其角は、傍らの暁雲を見た。友が、分からん、という風に首を振る。

「物置を兼ねた、折檻部屋ですよ。悪さをした遊女のための、ね」

問う前に答えたおりんの声には、背筋が寒くなるような笑いが滲んでいる。

其角と田沢の腰が引けた気配を察したのだろう。ぽいと投げ捨てるように、おりんは言い添えた。

「『人として大切な八つの徳を忘れた奴』なんて巷じゃ言われるくらいですからね。女達に要らぬ情けを掛けてちゃ、妓楼の主、女将なんて務まりゃしないんですよ」

吉原を裏まで知り尽くしている狂雲堂が、落ち着き払った顔をして、おりんに言い返す。

「奉行所に逆らってまで太夫達を隠した女将の、言うことではありませんよ」

「申し上げましたでしょ。要らぬ情けは掛けない、と」

おりんもおりんで、まったく悪気が感じられない、この女らしい若い娘めいた物言いで、暁雲に応じる。

きっと、色々、呑み込んで妓楼を仕切っているんだな。

其角は、そんな風に考えた。

おりんが南京錠を外し、戸を開けた。

向かいの壁に空けられた、明かり取りの格子窓から差し込む朝の光に照らされ、三人の遊女が寄り添うようにして、そこにいた。


怯える初音とみゆきを、花房――太夫を張っているだけあって、顔色は良くないものの、三人の中でただひとり、おっとりと構えていた――とおりん、二人掛かりで宥め、ようやく座を花房太夫の部屋へ戻した。

花房を挟み、向かって左が初音、右脇のみゆきは花房に寄り添うようにして、其角、暁雲、田沢と向かい合った。

初音は、小さな顔と、珠のように滑らかな白い肌が目を惹く。見惚れるような器量よしではないが、丸みを帯びた鼻と唇の、愛嬌ある顔立ちで、人形問屋の内儀が似合いそうな女だ。

みゆきは、光の強い切れ長の目に、少し薄いが形のいい唇、右の口の端の小さな黒子が、妙に艶めいて見える。今はまだおきゃんな町娘という風情が残っているが、いずれ人気の遊女になるだろう。

女将は、集まった者達の間を取り持つように、あるいは、ことが落ち着くまで下手な動きはさせない、とでもいうつもりなのか、向かい合った男三人と女三人を横から眺める格好で、襖の前に陣取っている。

遊女達は皆、地味な縞の小袖に地味な真鍮(しんちゅう)の簪、白粉も塗らず紅も刷かず、飾り気のない身形をしていた。けれど、こざっぱりしているし、顔色も悪くはない。痩せているわけでもなく、怪我をしている風にも見えない。場所が折檻部屋だったせいで其角はぎょっとしたが、匿われていたという見当は、外していないはずだ。

首の後ろを擦りながら、田沢が口火を切った。

「呑兵衛(のんべえ)の悪戯者二人が妙に落ち着いてやがるから、三人は無事だと思ってたけどよ。まさか、当の『大黒屋』が隠していたとは、なあ。さっき女将から聞くまで思いもよらなかったぜ」

田沢の物言いには、憤りも皮肉も混じっていなかったが、初音とみゆきは怯えたように身を竦めた。花房はゆったりと構えたままだが、それでも田沢を見る目に、笑みはなかった。

例繰方与力は、やれやれ、という風に肩を落とした。

「まあ、俺はお前さん達を囮(おとり)に使った奉行所(やつら)の仲間だからな。おっかながられるのも、無理はねぇか。おい、俳諧師。どこから始める」

ここから先は私が話を進めろ、ということか。

田沢は早々に匙を投げて、「検分を頼む」と言った佐藤の言葉通り、「高みの見物」を決め込むつもりらしい。

其角は、初音に向かった。

「岸の旦那と加助さんの企みに気づいたのは、初音さんだと伺いました」

初音は、怯えるように身を竦めたが、花房に肩を支えられて落ち着いたようだ。許しを得るようにおりんを見、其角に向き直る。

「あれは、私と同じ格子の小梅(こうめ)さんが、折檻部屋へ入れられた次の日でした」

小梅は、好いた客(いろ)にかまけて、掛け持ちをするはずの他の客を蔑(ないがしろ)にしたのだそうだ。

そうして、折檻部屋へ入れられた。

小梅にとっては初めてのことだったそうで、心底懲りた。

ようやく許され、戻ってきたものの、いろから貰った櫛を折檻部屋へ落としてきたことに気づいた。

ところがどうにも恐ろしくて、折檻部屋へ行く気にならない。それで、取り分け仲の良い初音に泣き付いた。代わりにとってきてくれないか、と。

「南京錠は、掛かってなかったんですか」

其角の問いに、初音は困ったように笑って答えた。

「使っていない時、鍵は要りませんから」

なるほど。

其角は頷いた。

使われていなくても、近づくのを躊躇（ためら）うほど遊女から怖れられている部屋だ。誰かが入れられている気配のある時は、なおさらだろう。だから、三人を匿っている間も鍵を掛けていた。余計な者が近づかないように。

初音が、続ける。

「小梅さんの櫛は、なかなか見つからなくて。私も正直、恐ろしくない訳ではなかったし。ぐずぐずと時を掛けているうちに、誰かが折檻部屋へ入ってきたんです」

＊

初音は、咄嗟に物陰へ隠れた。女将か楼主が、遊女を連れてやってきたのだろうか。

だが入ってきたのは、女将でも楼主でも、遊女仲間でもなかった。

『一体、どうなっている』

高飛車な男の声に、初音は聞き覚えがあった。面番所の同心、岸だ。

『どうって、おっしゃいやすと』

これは若い衆、加助。

初音は、息を詰めた。

恐ろしい、折檻よりもずっと恐ろしい場に、居合わせてしまったかもしれない。

そんな気がした。

岸が、苛々と声を荒げた。

『花房太夫の様子は、ちっとも変わらんじゃないか。お前、本当にちゃんとやってるのか』

『そりゃあ、勿論。ですが、ありゃあ煙草とはまるで違う代物だ。しょっちゅう勧めて怪しまれちゃあ、元も子もねぇ』

『お前――』

何か言おうとした岸が、ふと黙った。

『どうか、なさいやしたか』

加助が訊く。

『臭わんか。白粉、香。男を誘って金を吸い取る、浅ましい女の臭いだ』

初音は、ぎくりとした。

この二人は花房太夫をどうするつもりなのだろう。私は見つかったら、どうなるのだろう。

自分の心の臓の音が、男達に聞こえるのではと心配になる程、大きく速い。

初音は、そっと自分の口を両手で押さえた。そうしていないと、恐ろしさで悲鳴を上げてしまいそうだったのだ。

初音は明かり取りの格子窓から一番遠い、入り口から見て左の隅、積み上げられた行李(こうり)の陰に隠れている。岸と加助は、右の隅、格子窓のすぐ下だ。

人の動く気配がした。

どうか、こちらにこないで。

祈るように思った時、加助がつまらなそうに岸へ言い返した。

『旦那。ここは遊女を懲らしめる部屋ですぜ。女の匂いなら、しょっちゅうしてまさ』

加助の、「珍しくも何ともない」と言いたげな口ぶりに岸も得心したのか、気まずげな咳払いをひとつおいて、『まあ、いい』と言い捨てた。

『お前の言う通り、今少し様子をみよう。だが、そう長くは待てんぞ。あの御方が花房のことを、首を長くしてお待ちだ。一日も早くあの御方を袖にした生意気な遊女を薬漬けにし、大人しく言うことを聞かせるのだ』

『へぇ』

陰気な声で、加助が返事をしている。

『いいか。儂（わし）もお前も、もう後には引けん。分かっているだろうな』

『旦那は、先にお行きくだせぇ。つるんでるとこを見られたら、良くねぇ』

念押しに答えなかった加助を、岸はどう思ったのだろうか。暫く黙ってから——初音にとっては気の遠くなるような長い間だった——、同心は加助に応じた。

『では、先に行く』

言い置いて、誰かが——多分岸だ——入り口へ向かって動いた。

初音は、一層身を縮め、息を止めた。

岸が部屋を出て行ったのが分かった途端、身体中から力が抜けた。

気を抜いては駄目だ。まだ加助が残っている。

それにしても、相変わらず厭な男。

初音は、岸が苦手だった。表立って威張りくさったり、役人風を吹かせて置屋や揚屋、遊女に無茶を強いることはなかったが、言葉の端々や目つきから、こちらを見下し、蔑んでいるのが、分かる。

下賤(げせん)な女と、その女の稼ぎで生きる、薄汚い連中。

岸は吉原の者を、そう見ている。

つい、岸への不平で気が散った時――。

『おい』

加助の声がした。

ぎくりとした初音に向かって、加助が話しかけてきた。

『誰が隠れてるのか知らねぇが、ここで見聞きしたことは、みんな忘れるこった。じゃなきゃ、お前ぇさんの身に何が起こるか、分かったもんじゃねぇぞ。いざとなったら、誰がこの部屋にいたのかなんて、あっという間に調べられるんだからよ』

初音は、がたがたと震えだした身体を、両の腕で必死に抱き締めた。

加助が出て行ってからも、随分と長い間、立ち上がることもできず、そうしていた。

加助に脅されてなお、初音は折檻部屋で耳にした企みを女将と楼主に打ち明けた。自分だけのことなら、黙っていたかもしれない。

けれど、自分より花房太夫が危ない。

とても、放ってはおけなかった。

初音の話を聞いて、楼主夫婦は、すぐに「あの御方」に見当をつけた。

花房太夫が袖にした、肥前の大名がいたのだそうだ。分家して大名となって間もない松井家の当主で、江戸にも大名の肩書にも慣れていない、吉原者から見れば性質(たち)の悪い「田舎侍」だ。散々吉原のしきたりを伝えたのに、初会でいきなり花房に触れようとし、遊女の癖に客の言うことを聞かぬのかと怒鳴り散らす。それが吉原の太夫には許されない振る舞いだと諫(いさ)められると、今度は今すぐ連れて帰ると言い出した。太夫で無くなれば、自分の好きにしてよいのだろう。すぐに身請けの金子を払ってやる。それならば文句はあるまい、と。大名だということを差し引いても、あまりに非礼な振る舞い、身請け話だ。

これまで身請け話を断り続けてきた花房が厭がったのは勿論、楼主夫婦も後々の花房の幸せを考えれば、とても受けられない話だ。揚屋の知らせを受け、駆けつけた楼主がその場で身請け話を断り、四郎兵衛会所が「御家の体面」を盾に、やんわりと脅しを入れて、追い返したのだという。相手は大名だ。断りも脅しも、至極丁寧に、やんわりとしたはずだった。かなりの金子も『大黒屋』が持たせた。

それでも、松井の当主は腹の虫が収まらなかったようだ。

楼主は初音に、厳しく口止めをした。すぐに手を打つから、加助の言う通り、折檻部屋でのことは全て忘れろ。それが太夫のためにもいい、と。

初音は、勿論言う通りにするつもりだった。

けれど、どうしても加助のことが、そしてここのところ、急に加助と親しくなった千里のことが気懸りだった。

いつの間にか、他の遊女と間合いを取るようになった千里を、初音は案じていた。そんな千里を加助が細やかに気遣ってくれるのが、遊女仲間として有難かった。だが加助が、恐ろしいことを企てていると知ってからは、その様子は千里を陥れている風にしか見えなくなった。

堪らず、初音は千里に「加助に気を付けろ。近づくな」と、談判した。

それから幾日も経たず、善右衛門と千里の「浮気騒動」が起きた。その騒動に加助も噛んでいる。矢も盾も堪らず、初音は再び、千里を問い詰めに行った。

そのことが女将と楼主に知られ、初音は密かに折檻部屋へ入れられた。

自分の身を守るための折檻部屋入りだと聞かされ、ようやく千里よりも花房よりも、自分が危ういところへ追い込まれていたことに、初音は気づき、ぞっとした。

＊

おりんが、苦い溜息を吐いた。

「この子は、優しい性分なのはいいけれど、後先考えないところがありましてね。自分だけもうすぐ幸せになることが、引け目にもなっていたのでしょう。けれど千里を通じて、初音のことが加助と岸の旦那に筒抜けになっていたとしたら、一番先に口封じをされてしまう。先刻申しました通り、奉行所の御役人様は当てにならない。これは、私共夫婦の手で遊女を守らなければならない、と腹を括りましたんですよ」

それが、ひとり目の神隠しの正体だった訳だ。

其角は小さく頷いて、視線をみゆきへ移した。みゆきはまだ、怯えている。

「取って喰おうというんじゃやない」

其角の言葉は、かえってみゆきを追い込んだようだ。すっかり花房の後ろに隠れてしまった。

おりんが苦笑混じりで、代わりに話を進めてくれた。

みゆきは、ちょこまかと忙しなく動き回る分、目端の利く娘だ。初音、千里が『神隠し』に遭ってから、加助が急に花房太夫の煙草を仕度し始めたのを、なんとなし不思議に思っていたのだという。「疲れが取れる薬草」を煙草の下に仕込んでみてはどうか、と加助がしきりに勧めていたのも気に掛かった。花房はそのたびに断っていたけれど。

みゆきは、そんな便利なものがあるのなら、皆で使えばいいと、思いついた。何でも知りたがり、首を突っ込みたがりのみゆきは、得意になって女将に告げに来た。

おりんはちらりと花房の陰に隠れたみゆきを睨みつけ、続けた。

「まったく、悪気が無いとはいえ、肝を冷やしましたよ。丁度、騒ぎになっていた『屏風の子犬が動く』噂に乗って、その日のうちに、みゆきも『折檻部屋行き』です。初音に輪をかけて危なっかしい子ですから」

其角は、確かめた。

「やっぱり、みゆきさんの『子犬が動いた』は、作り話でしたか」

「ええ」と応じてから、おりんは「やっぱり、とおっしゃいますと」と訊き返してきた。

「みゆきさんの話だけ、やけに詳しく、はっきりしていたので」

其角が紅葉太夫から聞いた話は、こうだった。

初音は、「画の中の子犬と、遊んだような心地だった」。

千里は、「犬が動いたように見えた」。

みゆきは、「『屏風の子犬』が、尾を振っていた」だった。

みゆきの話だけが、偽りだと其角は見ていた。それが誰の偽りなのかは分からなかったけれど。

再び、おりんが苦笑いを零した。これは自身に対してだろう。

「『神隠し』の芝居も、自分達で隠した子達を案じる振りも、亭主と二人、上出来だと思っていたんですけれどね。余計な小細工なぞするもんじゃありません」

それからおりんは、ほんのりと申し訳なさそうに笑って、話を続けた。

「花房太夫を匿ったのは、お二人のせいでもあるんですよ。変わった騒動好きで、首を突っ込んではからくりを解いて回る。そんな評判が立っていた狂雲堂さん、狂雷堂さんに、太夫が神隠しの謎解きを頼んだ。正直、気が気じゃありませんでした。奉行所の御役人様は、『妙な奴らが動き出した』と苛々なさるし、次々に、こちらが知られたくないことを聞き出しておいでになって。焦った加助と岸の旦那が、いつ花房太夫に手を出すのじゃないか、と。千里の骸が大門の外で見つかり、花房太夫が紅葉太夫と共に、改めてお二人と会うことになり、これはもう黙って見ていられない、と。逃げ隠れするのを、花房太夫は酷く嫌がったけれど、ここは見世のため、他の遊女のためだと、折れて貰いました」

それは、花房太夫には申し訳ないことをした。

其角はそろりと地味な身形の太夫へ目を向け、頭を下げた。

ほんのりと笑んだ花房は、やはり煌びやかな姿をしているより、美しく艶めいて、好ましかった。

「さあ」

ふいに、おりんが声を上げた。

腹を決めた、凛(りん)とした面持ちで「高みの見物」の田沢へ向き直る。

「お話しすることは、これで仕舞いです。後のお裁きは、旦那のよろしいように」

田沢は困ったように小首を傾げて、軽く笑った。

「俺は、探索方でも吟味方でもねぇ。例繰方、物書き与力だ。よろしいようにゃあ、できねぇんだ」

そうして、けどな、と惚けた顔で続ける。

「例繰方ってのは、前に起きた騒動や吟味、お裁きを纏める役目でな。いろんなものと照らし合わせて考えるに、『大黒屋』にお咎めはねぇんじゃねぇのかな。三人の誘拐かしだって、届けがあった訳でもねぇ。手前(こっち)ぇんとこの遊女を、折檻部屋へ押し込めてただけだ、どこの置屋もやってることだろう。奉行所の指図通りにしなかったなあ、まあ、元々無茶な指図だったしなあ。加助も岸も引っ括った、松井様の悪事の証も加助と岸から出た、となりゃあ、下手に咎め立てして、大事にするのは上策じゃねぇ」

女将と遊女達が戸惑った顔をしている。暁雲が、田沢をからかった。

「相変わらず、旦那はお人が好い。つまり、そういう風に、内与力様に伝えて下さるってことですね」

「馬鹿野郎。それを言っちまったら、とんだ野暮天になっちまうじゃねぇか」

田沢が照れ隠しをするように、喚いた。

女将が、感じ入った顔をして田沢を見、深々と頭を下げる。遊女達もそれに倣った。

「よ、よせやい。尻の辺りが痒くならあ」

すっかり浮き足立った田沢を見て、女達と暁雲がくすくすと悪戯に笑う。其角もつられて、笑った。胸の隅がほんのりと温もる、良い気分だった。

ふと、花房が顔を曇らせた。

「加助さんは、どうなるのでしょう」

誰より早く険のある声を上げたのは、それまで怯えていたみゆきだった。

「太夫。あいつは、太夫を攫ってあの無体な御殿様に渡そうとしていた奴ですよ。初音さんを脅して、千里さんを殺めて――」

言い募るうちに、みゆきはぽろぽろと、大粒の涙を零し始めた。

花房が、自分付きの新造の背中をさすりながら宥める。

「それは、千里さん自身が望んだこと。加助さんは罪を背負うのを承知で、千里さんの希みを叶えたの。とても、哀しいことだけれど。私達を頼ってくれれば、もう少し違う道があったかもしれないのにね。それから、私はあの薬を無理強いはされなかったのよ」

でも、と泣き顔を上げたみゆきに向けて、初音も言い添える。

「改めて考えると、私も加助さんに脅されたのではなく、庇われたのじゃないかと、思うの。危ない目に遭うことになるから、決して関わるな、と。だってね。岸の旦那が『女の臭いがする』と言った時。辺りを探すでなく、匂いがするのは当たり前だと言い返してくれたのだもの」

多分、初音の言う通りだ。其角も、そう踏んでいた。

暁雲も同じ考えだろう。それでも敢えて口を挟んで加助を取り成さないのは、きっと感じているからだ。みゆきもどこかで、加助の心根に気づいている。

田沢もまた、死罪は免れるだろうという昨日の見立てを、口にはしなかった。

みゆきの中では、未だ込み入った心情に決着がついていない。そういう時にあの見立てを告げても、余計に迷わせるだけだ。

こういう回りくどさは、昨日の佐藤との遣り取りと違って、ちっとも面倒ではない。良い句が、作れそうだな。

其角は思ったが、句の代わりに話を変えた。いくら匿われていたとはいえ、久しぶりに明るいところへ出てこられたのだ。しんみりした気分を、そろそろ変えた方がいいだろう。

「初音さんに、伺いたいことがあります」

明るく笑って、何でしょうと訊き返した佇まいは、あの善右衛門と似合いに見えた。

「『屏風の子犬』と遊んだと、お仲間に言ったそうですが」

三人目のみゆきは、『大黒屋』の偽り。

二人目の千里は、多分、吸うと極楽が見えるという阿片が見せた幻。

ことの起こりの初音のからくりだけが、分からなかったのだ。

初音は一度目を丸くして、それからころころと笑った。

「あれは、言葉通りです。本当に、子犬と遊びました。屏風の子犬と瓜二つの、可愛い子」

暁雲と其角は、顔を見合わせた。言っている意味がさっぱり分からない。暁雲自慢の勘も働かないようだ。

初音が笑いながら、おりんを見た。

「女将さん、叱らないで下さいましね。実は、吾妻屋の主さんが、屏風と一緒にこっそり本物の子犬を届けて下すったんです。屏風絵通りの、可愛い子をたまたま見つけたから、と」

その子犬と、遊んだという訳か。そう考えて、其角は思い当たった。

「そうか、吾妻屋さんにいた、あのころころした奴」

吾妻屋を訪ねた時は、『屏風』が後であの子犬が先だと思っていたが、順が違っていたようだ。

初音の顔が、一層嬉しげに綻んだ。

「狂雷堂さん、あの子を見たんですの。元気でいましたか」

「ええ、元気すぎる程でしたよ。狂雲堂はいいようにじゃれつかれ、袖をぐしょぐしょにされました」

そう、そうですか、と初音がしんみり呟いた。

「なぜ、子犬を帰してしまったんです」

暁雲の問いに、しんみりとした声音のまま、初音は答えた。

「あんな元気のいい子を閉じ込めたら、可哀想ですから。少しだけ遊んで、屏風を届けてくれたお人に託しました。吾妻屋さんへ帰してやって下さい、と」

明るい顔になって、言い添える。

「それに、吾妻屋さんにあの子がいれば、外へ出た時の楽しみが、またひとつ増えますでしょう」

「そうでしたか」

其角は頷いた。それから田沢を見て、確かめる。

「他に、お訊きになりたいことは」

人の好い例繰方与力は、にっと笑って「ねぇよ」と応じた。早速、佐藤に知らせなければと、立ち上がる。

三人とも疲れているだろうし、消えたはずの遊女達が戻ってきて、『大黒屋』は大騒ぎになるだろう。ここは早々に退散した方がいい。

そこへ、誰かの足音が近づいてきた。酷く急いでいる。

断りもなく、襖が開いた。

「おや、紅葉太夫――」

おりんが仕舞いまで言うより早く、三人とよく似た地味な身形、化粧もしていない紅葉太夫が花房へ駆け寄った。

そのままの勢いで、紅葉太夫はもう一人の太夫、不仲と言われている花房を抱き締めた。

「どれほど、案じたことか。よく、よく無事で――」

咎めるような物言いは、涙で濡れていた。

「勘忍、して頂戴。紅葉さん」

詫びる花房の声も湿っていた。

其角は、暁雲と再び顔を見交わし、田沢を促して、そっと花房の部屋を後にした。

九章　名幇間の後始末

花房達が折檻部屋から出て十日、粗方の決着が付いた。

肥前の大名、松井家の当主は、国許にて隠居。花房誘拐かしの企ては、ことが大きくなるのを嫌った公儀によって、「なかったこと」にされた。

阿片の隠れた恐ろしさが世に出ることも、避けたかったのだろう。並のものを金持ちが痛み止めに使うだけなら、阿片に大した害はない。

北町奉行所同心、岸は、遊女千里の誘拐かしを助けた咎で御役御免、閉門の上江戸払い。

そして加助は、田沢の読み通り、佐渡へ流罪となった。千里を誘拐かした上で殺したものの、どちらも千里当人からの頼みによって行ったことと認められ、また、捕縛後の詮議において奉行所の大きな助けとなったことも加味された上での、沙汰だった。

『大黒屋』については、お咎めなし。公儀が松井家当主の企てを秘したことで、『大黒屋』もまた表立って罪に問えなくなった、ということらしい。

その『大黒屋』は、消えた遊女の騒動を「神隠し」で押し切ることにしたようだ。概ね大団円、と言えばそうなのだが――。

「得心が、いかないようだな」

からかい口調で其角に話しかけてきたのは、暁雲だ。

いつもの通り其角の庵で、いつもの通り小西の『白雪』を、今宵はたくあんで流し込みながらの、遣り取りである。

其角は、むっつりと答えた。

「なんでもない」

「それが、なんでもないという顔か」

友の愉しげな様子が癪に障って、其角は憎まれ口を利いた。

「顔は生まれつきだ」

「初音さんのこと、か」

ふいに暁雲に「不機嫌」のど真ん中を射貫かれ、毎度のことながらぎょっとする。

吾妻屋善右衛門の浮気の濡れ衣は、表向き、晴れることがなかった。

それは、初音の望みでもあった。

初音は、千里の死に心を痛めていた。

自分があの時、もう少し千里を気遣っていたら。それより前、千里が遊女仲間と間を置き始めた時、それが病ゆえだと気づけていたら。

千里の死と、加助が重い罪を背負った原因の一端は自分にあると、初音は言った。

これ以上、千里も加助も悪者にしたくない。

それが初音の望みだった。千里が、初音の手にしようとしていた「幸せ」に憧れを抱いていたということも、初音の心を決めさせたのかもしれない。

自分ひとり、あっさり幸せにはなれない、と。

――元々、年季明けまで待つと覚悟を決めていましたし。善右衛門も、『初音らしい』と、笑って許して下さいました。

楼主夫婦は、それでは初音ひとりが割を食ってしまうと迷ったようだが、浮気を取り消すことはなかった。

自分達が断じた浮気が、間違いだった。表沙汰になれば、『三浦屋』に次ぐ吉原の置屋の看板に、傷がつく。

奉行所も、「遊女殺しと神隠し」騒動にまつわる騒ぎの種が新たに持ち上がることに、良い顔をしなかった。「吉原の名置屋で起きた浮気騒動は真っ赤な偽り、死んだ遊女が企んだことだった」なぞ、読売屋が嬉々として飛びつきそうな話だ。

——ことは大名家が関わっている。構えて穏便に済ませよ。一日も早く、この騒動が人の口に上らなくなるように。

奉行所は、そう『大黒屋』に釘を刺した。

初音も善右衛門も、得心している。

身内でもない、少し関わっただけの自分が、口を挟むことではない。

そんなことは、其角も分かっている。

だが、どうにも合点が行かない。

逆恨みと執着の挙句、吉原の太夫誘拐かしを企んだ首魁が「隠居」で済まされ、その企みを止めようとした女が割を食うなんて。

暁雲の笑う気配がして、其角は友の顔を見た。

「其角。お前さんがそんな風にはっきり憤るなんざ、珍しい」

どうやら、胸の裡が顔に出ていたようだ。

「そう、かな」と訊き返した其角に向かって、暁雲は「ああ」と答えた。

「いつもなら、内心で怒る一方、引き裂かれた二人の心情を絡めて、一句捻っていたろうに」

言われてみれば、暁雲の言う通りかもしれない。

だが、とてもではないが、そんな気にならない。二人を傍から見て句に落とし込もうとしても、憤りと「なんとかならないものか」という想いばかりが、湧き上がってくる。

「そう、腹を立てることもあるまいよ」

ふいに、暁雲が盃を干して呟いた。

「暁雲は、理不尽だと思わないのか」

「思うさ。お前と同じく、腹が立ってどうにもならんから、どうにかすることにした」

ぴんときた。

「狂雲堂、さては、何か企んでるな」

暁雲が、其角に向かってにっと歯をむき出して見せる。其角は勢い込んだ。

「私にも、手伝わせてくれ」

「そいつは、いかん」

「なぜ」

「狂雲堂と狂雷堂、二人つるめば目立つ。葱を背負って飛んできた鴨に気づかれては、元も子もないからな」

思わせぶりなことを言われては、今度はうずうずして、それこそ句なぞ捻っていられない。

「おい、暁雲」

我ながら、そわそわした言い振りだ。

暁雲は新たに満たした盃を一気に飲み干し、笑いながら其角を往なした。

「まあ、暫くは大人しく見物しているがいいさ」


それから一月もしないうち、初音は吉原から請け出された。

相手は、吾妻屋善右衛門ではなかった。

なのに、初音はお初と名を改めて、目出度く善右衛門に嫁入りし、吾妻屋の内儀に収まるのだという。

一体、どういう手妻を使ったんだ。

夢中でせっついた其角に、暁雲はまず人の悪い笑みで問い返した。

「初音さんを身請けしたのは、一体誰だと思う」

「勿体ぶらずに、教えろ」

「肥前、松井の御殿様だ」

「おい、暁雲。そいつは国許で隠居――」

言いかけて、其角ははたと気づいた。揶うように、友を下から見上げ、確かめる。

「まさか、今の殿様じゃあないだろうな」

おおよ、と胸を張った暁雲は、大層得意げで、愉しげだ。

友の話によると、こうだ。

この親にしてこの子ありというか、懲りないというか、父の代わりに家督を継いだ息子——暁雲言うところの、葱を背負って飛んできた鴨、だ——もまた、江戸表に出てきて早速、吉原に足を向けようとした。

『大黒屋』から「助けてくれ」と知らせが届いたことで、暁雲は事の次第を知った。

また同じような騒動が起きては、吉原の面目にも関わる。公儀が締め付けでも始めれば、ことだ。

頭を痛めていた四郎兵衛会所と組んで、手を打つことになった。

どうにか穏便に、早々に、お引き取り頂き、二度と大門を潜らせないようにしなければならない。

暁雲はまず、『大黒屋』と揚屋の『立花屋』に、松井家の今の様子、あの騒動のどこまでを知っているのかを確かめるよう、頼んだ。大体のところは、すでに『大黒屋』も『立花屋』も摑んでいた。

『立花屋』に、「必ず、『大黒屋』の花房太夫を」と、ごり押ししてきたのだそうだ。

ごり押し、とはいうものの、『立花屋』と遣り取りをしたのは江戸家老の手の者で、松井家としても、新しい当主の感心しない行いに苦々しいものを抱えながら、仕方なく、という風情だったらしい。

『立花屋』は、太夫の宴を仕切る、格式ある揚屋だ。客を見る目は確かで、その『立花屋』がそう感じたのなら、間違いがない。

松井の家臣は、大名家の体面を吉原に傷つけられたことよりも、御家存続が身に迫った一大事だったのだろう。ただでさえ「遊女の誘拐かし」なぞ、家名断絶となってもおかしくない不始末をしでかしたばかりなのに、同じ吉原で、新しい当主もまた騒動を起こしたとなれば、もう公儀は内々に済ませてくれない。新参者の大名家としては、そう考えるのが真っ当だ。

そこでまず狂雲堂は、『立花屋』と『大黒屋』に伝えた。

先代が、吉原のしきたりを蔑（ないがしろ）にし、花房太夫に袖にされたことは、吉原中に知れ渡っている。また新しい当主が同じ太夫を宴に呼んでは、松井家に対する芳しくない評判が、吉原裡ばかりか江戸市中に知れ渡るかもしれない。「吉原雀」と呼ばれる事情通の客が、我先にと吹聴して回るだろうから。そう告げて、まずは様子を見てくれ、と。

これで、家中が新しい当主を諫め、くだらぬ悪戯を思い止まらせてくれれば、よし。

だが、そうあっさりと引き下がりはしないだろうと、狂雲堂は踏んでいた。

案の定、更に気が乗らない様子で、松井家から『立花屋』へ知らせが来た。

太夫でなくて構わぬ。『大黒屋』の遊女を誰でもいいから、宴に呼べ、と。

当の太夫が叶わぬなら、せめて同じ『大黒屋』の遊女を苛めてやれ、と思い直したということだ。

つまり松井家が分かっているのは、先代を袖にした太夫の名と置屋まで。その先、誰が何を見聞きし、何が切っ掛けで企みが露見したかまでは、知らないということだ。

次はどう断ろう。四郎兵衛会所、置屋、揚屋、揃って唸っていたところへ、暁雲はあっさり告げた。

『それは、お受けした方が良い。誰でも良いという話なら、初音さんはいかがでしょう』

血相を変えて異を唱えたのは『立花屋』だった。けれど、『大黒屋』と花房太夫が狂雲堂を後押しした。ここは、狂雲堂さんの言う通りに、と。

先の騒動で、暁雲と其角に信を置いてくれたらしい。

当日の宴を、狂雲堂が仕切った。

松井の若き当主は、大層宴を楽しみ、気持ちよく大金を使ったそうだ。

そうして、初会の宴の最中、「初音を身請けする」と言い出し、証文まで認めた——。

「ちょっと待ってくれ」

其角は、堪らず暁雲の言葉を遮った。

「それじゃあ、初音さんが吾妻屋さんに嫁入りできないじゃないか」

ふふん、と不敵に笑い、友が答える。

「松井の御殿様が大金を積んで初音さんを身請けし、吾妻屋さんに譲ったのさ」

「だから、どうして。ああ、その前に、初音さんは宴で厭な思いをしなかったろうな」

「狂雲堂のいる宴で、そんなことをさせるものか」

「それは、そうだが」

暁雲は、なかなか先を語ってくれない。恨めしい思いを乗せて、ちろりとねめつけると、ようやく「分かった、分かった」と暁雲は言った。

「手妻も何も、紅葉太夫の名代をあやめさんが務めた時と、似たような手を使ったまでだよ」

まず、初音には敢えて少し遅れて顔を出して貰うことにした。

その間に、暁雲が松井家当主の人となり、腹の裡を摑んだ。

花房太夫を宴に呼び、やんわりと断られ、次は誰でもいいから『大黒屋』の遊女を、としつこく迫った理由の半分は、自分が吉原を楽しみたかったから。もう半分は、父を嵌めた奴らに一矢報いようとした。

けれど、本気で『大黒屋』や遊女達に仕返しをするつもりでは、なさそうだ。公儀の眼も怖いし、それ程父に対して深い思い入れがある訳でもない。

言葉の端々から、元々父とは折り合いが悪かったことが窺えた。また、早く家督を継ぎたいという欲もあったようだ。父が起こした不始末は、願ったり叶ったり、と感じている節さえ見受けられた。

内々に父の隠居が決まり、公儀から釘は刺されたものの、表立ってお咎めがあった訳でもない。その安堵が、新しい当主の気を大きくさせているらしい。

たかが「廓の下賤者」に、我が松井家の家名を傷つけられたのは確かだ。当主の威光を家中に知らしめるためにも、ほんの少し、『大黒屋』とそこの女を懲らしめてやろう。詫びのひとつも引き出せれば、なお気分がいい。

そんな軽く浅はかな悪戯心が、暁雲には透けて見えた。

そこでまずは旨い酒を、景気よく呑ませた。ほろ酔い程に酒が回り、口が軽くなったところで、相槌の打ち方、訊き方を選んで、当主の口から、先代、父に対する憂さや憤りを吐き出させる。決して、狂雲堂から先代を悪く言うことはしない。

父への悪口が止まらなくなった辺りを見計らい、初音に来てもらった。

初音には、無闇矢鱈に慰めてはいけないと、あらかじめ言い含めてあった。下手に気に入られ、惚れられては、またややこしいことになる。

まずはやんわりと、当主を怒らせない程に、初音が先代を取り成す。

『お前は、何も分かっておらぬ』

と、なったところへ、狂雲堂がさりげなく、当主の子供の頃へ、話の筋を持って行く。

初音へ目配せをし、父上様と良い思い出もあったのでしょうと、水を向けさせる。

恐らく、ないはずだ。暁雲は見切っていた。この当主の憂さは、一朝一夕に溜まったものではない。

案の定、幼い頃の父の思い出も、悪口三昧だった。

どれほど自分が窮屈だったか。厭な思いをしたか。

楽しくない思い出話を切っ掛けに、少しずつ、初音の物言いを当主の心に寄り添わせる。

花房に対する仕打ち、それが吉原ではどれほど疎んじられる振る舞いなのかを、遠回しに織り交ぜて。

勿論、合間、合間に狂雲堂が抜かりなく、当主を持ち上げた。父の代よりもきっと松井家は良くなるだろう。家臣にも慕われるだろう。そんな風に。

人柄がいい、出来た人物だと感心され、込み入った性分ではない当主は、その気になった。

初音の言い分に大きく頷き、父に厭な思いをさせられた上、誘拐かされそうになった花房への憐れみを口にした。

そうして、溜まっていた父への憂さを全て吐き出し、自分は父とは違うのだと高らかに名乗りを上げた当主から、暁雲は仕上げの言葉を引き出した。

『妙な思い違いをされては敵わぬゆえ、花房太夫とは関わらぬことにするが、代わりに初音、お前をここから出してやろう。ああ、案ずるな。今までの話で気づいておった。好き合った相手がおるのだろう。吉原から出たらその男の許へ行くがよい。これが、父がしたことに対する、儂（わし）の詫びだ』

其角は経緯を聞き終え、ゆっくりと息を吐き出した。

暁雲が柔らかな声で、話を締め括った。

「初音さんは目出度く吉原を出、お初さんとなった。花房太夫も、これからは松井家に怯えずにいられる、という訳だ」

其角は、「それだけじゃないだろう」と言い返し、続けた。

「松井様のご家中も、吉原も安泰だ。何しろ、御殿様御自身が、自分で自分を縛（いまし）めたんだからな。初音さんを『詫び』として身請けしたことで、ご家中に対しても、吉原に対しても、『無体をした父とは違う。自分は決して同じことはしない』と。御殿様が大門を潜ることは止められないが、さぞ行儀のいい客として振る舞ってくれるだろう。お前、そこまで考えて、御殿様を乗せたのか」

暁雲は、いつものようにさっぱりと笑った。

「考えてなぞ、いないさ。御殿様の顔を見て、座の流れを感じて、なんとなくこうすれば巧く収められる、と思ったまでだ」

また、勘か。ここまでくると、恐ろしい勘だ。

内心で暁雲の手際に舌を巻いていた其角は、ふと、友が昏い眼をしていることに気づいた。

あの御方——桂昌院へ気を向けている時の眼だ。

昏い眼のまま、愉しげに暁雲は呟いた。

「この手は、色々使えそうだな」

「暁雲、お前——」

「何だ」

問い返され、其角は言葉を呑んだ。

使うって、何にだ。まさか、桂昌院様に何か仕掛けるつもりでは、ないだろうな。言葉にして、もし暁雲が「そうだ」と答えたら。

「いや、なんでもない」

其角は誤魔化し、酒を呷った。

事の終わり　暁雲むかし語り

初音――お初が其角の庵を訪ねてきたのは、次の日の午過ぎのことだ。すっかり大店の内儀の身形、物腰になっていたが、白い肌と愛嬌のある顔立ち、そして優しさが宿る明るい瞳は、吉原にいた頃と少しも変わっていなかった。

「暁雲なら、来てませんよ」

そう告げた其角に、お初は困ったように笑って、首を横へ振った。

「今日は、狂雷堂さん、いえ、其角さんにお話があって、伺いましたの」

物言いからも、大店の奥を仕切る女の落ち着きが感じられる。其角は眩しい思いでお初を見ていたが、はっと気づいて、慌ててお初を庵に通した。

「酒なら、いいのがあるんですけどね」

我ながら感心しない言い訳をしながら、安い番茶を出す。庵の茶はこれだけ、客向けも何もない。買ったばかりだから、少しはましな味がするだろう。

お初は笑いながら、熱い番茶をそっと啜った。

「祝言は、いつですか」

其角が訊くと、お初ははにかんだ様子で答えた。

「経緯が経緯ですから。松井様の手前もございますし、もう暫く時を置いて。年が明けてから身内だけでこぢんまりと、と話しております」

一年の暦の折り返し、「夏越の祓」もまだ先だ。せっかく吉原を出られたのに、祝言が年が明けてからとは、随分待たなければならない。それに、大店への輿入れを内々で済ませるとは、なんとも寂しいことだ。番頭の次兵衛なぞは、さぞがっかりしているだろう。

其角はまず、そんな風に思った。けれどお初は酷く嬉しそうにしている。

いくら祝言が延びても、もう「客」を取ることはない。急がなくても、いいのかもしれない。

「それは、年明けが楽しみですね」

其角は、少し考えてそう応じた。忽ち、お初の顔が明るく輝いた。

「ええ。今は、あのひとや番頭さん、女中頭のおとくさんから、色々学んでおります。内儀の心得、勝手や奥向きの仕切り方、商いのいろは。それから、芝居に縁日、市井の楽しみなど、本当に、色々」

「それは、忙しそうだ」

軽く受けた其角に、お初はおっとりと笑んで頷いた。

「もっと、色々見聞きしたい程です。加助さんが千里さんに見せたかった、浮世の幸せを全て、いずれあの世で千里さんに会った時に、伝えなければいけませんから」

千里。哀しい遊女。

そして、遊女だったお初と善右衛門を陥れた女。

なのにお初は、未だに気に掛けている。

暁雲なら、こんな風に言うだろうか。

『よかったなあ、千里さん。お前さんをこうして覚えていてくれるお人がいて』

けれど、其角は千里を知らない。だから、お初の言葉に、「そうですね」とだけ答えた。

ふんわりと頷いたお初が、ふと、視線を庵の奥へ向けた。

開け放った襖の先、寝間の床の間の画。暁雲の『不動明王』の軸だ。

今日は早めに起き、布団を片づけておいてよかった。

こっそり胸を撫で下ろしながら、其角はお初に打ち明けた。

「暁雲の『不動明王』です。こいつも、動くんですよ。まだ一度しか、目にしたことはありませんが」

まあ、とお初が口に軽く手を遣った。怯えた様子はない。すぐにちょっと悪戯に笑んで、声を潜める。

「それは、ようございました」

含みのある言い振りに、其角は首を傾げた。

「よい、とは」

「いえ、画に描かれたものが動いたくらいで、狼狽えたりなさらない。むしろそれを楽しむ御方。そう思ってはいたものの、其角さんの口から直に伺えて、安堵いたしました」

「あの、お初さん」

「あの『子犬の屏風』のことですけれど」

「はあ」

「あの騒動の折、画の中の子犬にそっくりな子犬、雪丸と、本当に遊んだ。そういうつもりで口にした言葉が、『画の中の子犬が動いた』と取られてしまいました。覚えておいでですか」

「はあ、覚えていますが」

駄目だ。お初は何が言いたいのか、さっぱり分からない。

其角は、じっくり待つことにした。

にっこりと笑んで、お初は告げた。

「私、あの『屏風の子犬』が動いていないとは、一言も申しあげておりません」

どういう意味なのか分かるまで、瞬き三度ほどの時が要った。

「あの、それはお初さん。ひょっとして——」

声がひっくり返った其角の問い掛けを、お初が無敵の笑顔で遮った。

「あの屏風、少しかさばりますけれど、其角さんにお引き取り頂けないかと、お願いに上がったんですの」

ようやく、先刻の呟き「それは、ようございました」と繋がった。

其角が零した溜息を綺麗に聞き流し、お初は、頰に白い手を当て、いかにも困った風で続けた。

「吉原では色々あった屏風です。『大黒屋』のご楼主が、どうしても燃やすと言うので吾妻屋で引き取ったのですが、今度は雪丸があの屏風に怯えてしまって」

おいおい、である。

『大黒屋』の楼主が縁起でもないと燃やそうとした画、犬が怯える画を、押し付けようというのか。

だが、あの画、よく描けているのは確かで。

「吾妻屋さんで、売りに出してみたらいかがです」

其角は言ってみたものの、お初は首を横へ振った。

「中の子犬が動くかもしれない。そんな屏風は、御屋敷や町場の家にも、見世物小屋にも、お売りできません」

見世物小屋なら、必ず動かなければならず、真っ当な屋敷や家では、夜中に動き出すかもしれない画なぞ、置く気にはならない。

其角もそれは最初（はな）から、察していた。細く長い息を吐き出し、微苦笑で無敵の笑顔に対する。

「分かりました。いずれ、暁雲の不動明王にじゃれつく子犬の夢でも見られれば、儲けものだ」

安堵したように笑ったお初へ、「いかほどお払いしましょう。大した金子は出せないが」と告げながら立ち上がる。お初が慌てたように其角を止めた。

「こちらからお願いして、お引き取り頂くのですから、お代は頂戴できません」

いくらなんでも、そういう訳にはいかない。

だが、お初のきっぱりとした顔を見ると、代金を受け取らせるのは難しそうだ。

少し考えて、其角は申し出た。

「では、お渡しする金子をそのまま、あの屛風を描いた町狩野、辰伴さんに渡して下さい。手間も金子も、ありったけをかけたようですから」

お初は暫く迷っていたが、其角の渡した金子を受け取り、帰って行った。

その日のうちに、『子犬の屛風』が届いた。

どこで聞きつけたのか、暁雲が屛風見物にやってきた。

お初のことや、花房と紅葉、二人の太夫のこと、あれこれ語り合ったり句を捻り合ったりしながら、いい酒を二人で酌み交わした。

どちらからともなく口を噤み、束の間の静けさがやってきた。

ほろりと、暁雲が呟いた。

「よく、笑う女だった」

なぜかは分からない。其角にはそれだけで、誰のことを友が語ろうとしているのか、分かってしまった。

桂昌院のせいで苦界に身を沈めた女。暁雲が幇間をする切っ掛けになった女のことだ。

暁雲の方から桂昌院にまつわる話を口にするのは、これで二度目、酷く珍しい。

そういえば、全て片づいたら話す、と言っていたな。

初めてその女の話を暁雲から聞いた折のことを思い出しながら、其角は「うん」と応じた。

　暁雲は、軽く目を瞠って其角を見、それから笑むように、懐かしむように目を細めた。

「今のお初さんと、少し佇まいが似ていたかもしれない」

　其角を見るでなく、庭を眺めるでなく、ただ遠い目を宙に彷徨わせ、暁雲は訥々と語った。

*

　綱吉公が徳川宗家に入って間もない頃の話だ。暁雲は、ほんの気まぐれで幾人かに画の手ほどきをしていた。弟子、というほど大仰で堅苦しいものではない。描いてきた画を見て、ああでもない、こうでもない、ここをこうすれば良くなる、なぞと偉そうな能書きをたれる程のものだった。

　その中のひとりに、かの女がいた。

　小さな菓子屋の娘だったが、母が京の公家の血筋を遠く引いているという話だった。

　狩野や他の絵師には、女はなかなか弟子入りさせて貰えず、たまに入門が許されても、今度は男の弟子たちに嫌がらせをされ、ようやく暁雲にたどり着いた。やっと、好きな画を習うことができると、目を輝かせ、頬を赤らめ、その女は語った。

公家の血筋を引いているという割に、よく笑い、よく喋り、よく動く女だった。

小さな手で、大きな握り飯を、暁雲や弟子仲間にこしらえてくれた。

お喋りの癖に聞き上手で、暁雲の話や弟子仲間のくだらない遣り取りを、間のいい相槌を打ちながら、楽しそうに耳を傾けていた。

画の筋は、正直取り立てて良くもなく、かといって悪い訳でもなかったが、性分そのままの、真っ直ぐで明るい色使い、筆運びが、暁雲には好ましく思えた。

かの女が画を習いに来ている時だけは、男臭い住まいに花が咲いたようだった。

その女に、桂昌院が目を付けた。

その頃から桂昌院は、なかなか子が授からない息子を案じて、あちらこちらで大奥に入れる女子を探していた。

息子好みで、血筋も悪くなく、何より良い子を産みそうな若い娘を。

遠くはあるが、公家の血筋を引いていること、丸みを帯びた顔立ちに白い肌、明るくて元気もよく、大層丈夫そうなところが気に入ったらしい。

それから、その女の一家は大騒ぎになった。

大奥に娘が入る。それもお端ではなく、公方様の御相手として。

あらゆる伝手をたどって、「大奥お目見」にふさわしい家格の武家と、養子縁組を纏めた。そのために大金が要ったが、二親は娘の幸せのため、と借財をして賄った。

正直、二親が大奥の給金を当てにしていたことは、否めないだろう。たとえ公方様の御手が付かずとも、「お目見」の給金であれば借財は返せると。

養子縁組に関して、桂昌院はこれほどの家格があればよい、とだけ伝えて来たのみで、後はまるで知らぬ振りだった。

琴や書、茶も、高名な師を付けて習わせた。

この頃からだ。忙しい間をぬって画を習いに来ていたかの女から、笑顔やお喋りが少しずつ消えていったのは。

かの女の気鬱を余所に、養子縁組も間近となり、いよいよ、となった矢先、いきなり桂昌院から大奥入りを反古にされた。

訳は、馬鹿馬鹿しいものだった。

どこぞの坊主が言うことには、公方様とその女の干支だか九星だかの相性が、良くないのだそうだ。

養子縁組も破談になった。

菓子屋一家には、抱えきれないほどの借財が残った。

そうして、その女は、二親の暮らしと小さな店を守るため、自ら吉原へ入った。

暁雲の頭から、儚げな眼をして、ひっそりと溜息を吐いていたかの女の横顔が、離れなかった。

描く画は、仕舞いまで変わらず明るく真っ直ぐで、楽しげな色合いと筆運びだった癖に。

その女が残して行った、桜に雀が止まっている画を眺めながら切なく考えていた暁雲は、遅まきながら気づいた。

明るく真っ直ぐな性分のかの女は、元々、大奥で権勢を競うより、町場でありふれた暮らしを送る方が似合っていたのかもしれない。

だから、大奥入りの話が持ち上がってから、あまり笑わなくなったのだ。かの女の二親は、娘の幸せの在り処を、見誤った。

暁雲は居ても立ってもいられなくなった。

吉原もまた、女同士、権勢を競う修羅の場だ。

客として訪ねることは、考えなかった。

どう言葉を取り繕っても、たとえ肌を重ねなくても、きっとあの女を、傷つけてしまうから。

だから、暁雲は幇間になった。どんな憂さも吹き飛ばすような話術、楽しい芸を片端から身に付け、その女の宴に上がった。

初め、その女は戸惑っていたが、やがて暁雲の芸を見、話を聞いて、明るく笑ってくれるようになった。

画の手ほどきをしていた頃のような、曇りのない笑いではなかったけれど。

それでも暁雲は、嬉しかった。

瞬く間に幇間「狂雲堂」は評判になり、吉原で引っ張りだこになった。けれど暁雲は、どんな太夫の宴よりもその女の宴を、大切にした。

客でもない、高名な太夫でもない、ただ、その女を笑わせるためだけに幇間になったのだから。

*

「それで、その女は」

其角は、黙った暁雲に、静かに訊いた。なんとなく答えは分かっていた。

「死んだよ」

「どうして」

訊いてすぐ、しまったと臍を噬んだ。これは暁雲を苦しめる問いだ。

けれど友は、淡々と答えた。

「二親が亡くなってね。娘を吉原から救い出そうと無理をして、二人して身体を壊した。その知らせを聞いて、あの女は足抜けを図った。せめて、自分の手で弔いを。せめて別れの一言くらいは。そう思ったのもあったのだろうな。だが、そんな親子の情さえ吉原とい う場は斟酌しない。かの女は会所に追われた。逃げ回ったものの、すぐに追い詰められ、追手の男達の目の前で、川に身を投げたのさ。二親も菓子屋もこの世から消えた。弔いさえ叶わない。もう吉原で辛抱する甲斐もないし、浮世に未練もなかったのだろう」

ひょっとして、その女が足抜けをし、自ら命を断ったその場に、暁雲も居合わせたんじゃないだろうか。

其角は、察した。

だとしたら、かの女が身を投げる間際に暁雲へ向けた顔は、どんな風だったのだろうか。そう、笑っていたのかもしれない。浮世でないどこかに極楽を見ながら逝った、千里のように。

町場で暁雲に画を教わっていた頃、小さな手で大きな握り飯を作り、弟子仲間と笑い合い、明るい画を描いていた頃、もう遠く去って現にはどこにもないはずの幸せを、暁雲の面に見いだして、かの女は微笑んだ。

全て、其角の勝手な考えだ。

けれど、友の横顔から察するに、きっと間違ってはいないだろう。

其角は、友に掛ける言葉を探しに探して、

「そう、か」

とだけ、ようやく答えた。

暁雲が、からりと笑った。

「町場にいた頃のその女は、お初さんに似ていた」

暁雲が繰り返す。だから、お初の幸せのために、少しばかり無茶をしたのかと、其角は思い当たった。

暁雲は、晴れた夜空を見上げて呟いた。

「今頃、あの世で千里さんと仲良くなっていたりして、な」

現では叶わない幸せを追い求めた、女同士で。

其角も空を仰いで、見知らぬ遊女に向かって心裡で語りかけた。

千里さん。ここにも、お前さんを忘れない奴がいるよ。頼りない俳諧師で済まないけど。

友には、明るい声で言ってみる。

「二人並んで、幸せなお初さんを眺めてるかもしれない」

少し長い静けさの後、暁雲がぽつりと応じた。

「そうだと、いいな」


その夜、其角は夢を見た。

見知らぬ女二人が、白い子犬と遊んでいる。

子犬は、女達の手からするりと逃れ、駆けていった。

その先にいた不動明王にじゃれついたが、足に嚙みつこうとして、一喝された。

驚いて逃げ戻る子犬。女達が笑いながら、子犬を抱き上げる。

目が覚め、其角はすぐに掛け軸と、床の間の脇に置いた屛風を確かめた。

『不動明王』の掛け軸は、少しも動いた様子はない。

屛風も同じだ。

けれど。

屛風の中の子犬の足許が、ほんの少し焦げていた。

其角は、その焦げと不動明王の火焔光を見比べた。

繰り返し見比べた挙句、こう思うことにした。
きっと昨夜、枕元の灯りを点ける時に焦がしたのだろう。
『未熟者め』
笑いを含んだ叱責が、聞こえたような気がした。

それから　其角ひとり語り

その後も、私は暁雲とつるんで、色々な騒動に首を突っ込んだ。

吉原で、暁雲に付いて幇間の真似事をしたりもした。

暁雲の幇間の技は変わらず鮮やかで、哀しげな遊女を笑わせ、気難しい客に気持ち良く散財させた。

句を詠み酒を愉しみ、人を愛おしむ。

楽しくゆるやかな時は、私が考えていたより早く、終わりを迎えた。

ひたひたと、昏い翳が足許に近づいてくることは、感じていた。

「遊女の神隠し騒動」を切っ掛けに友となった町狩野、狩野辰伴を訪ねた帰り、三囲(みめぐり)稲荷で「雨乞いの句」、〈夕立や田を見めぐりの神ならば〉を遊び半分に詠んだ次の日、本当に雨が降った。

あの騒動の折に二人の太夫へ暁雲が嘯(うそぶ)いた言葉を思い出し、何やら可笑しく、そしてほんの少し、恐ろしかった。

『この朝湖の画も動きますし、其角が句に詠めば、旱の田畑に大雨が降ります』

大威張りで友が言った与太が、本当になった。相変わらず大した勘だ、と。

恐ろしかったのは、暁雲の神憑りめいた勘ではない。

不意に、はっきりと暁雲の言葉を思い出したから。そしてそれが妙に切なく感じられたからだ。

この楽しくのんびりした友との日々は、もうすぐ全て想い出になってしまう。訳もなく、そんな気がした。

この頃、暁雲は「けしからん流説を広めた」咎とやらで、二月ほど牢へ入る羽目になった。そのせいで、少し心配性が過ぎていたのかもしれない。私はそう思い込むことにした。

けれど追い縋る昏い翳の気配は、それだけではなかった。

「人に限らず、生き物はなべて大切にせよ」というだけだった綱吉公の触れが、おかしな向きに転がり始めたのだ。

釣りが禁じられ、邪魔な鳥の巣をどかした者が罰せられた。犬を傷つけた者は犬の傷よりも重い咎を背負わされ、犬を虐げた者に対する密告が推奨された。

世の中が殺伐とするのに合わせ、暁雲は昏く荒んだ目をすることが多くなった。

それは、次々に発せられる妙な触れの後ろに、公方様御生母——桂昌院様の影があると、囁かれていたからだ。

私は、松井の御殿様を使ってお初さんを吉原から請け出した時の暁雲の言いようが、ずっと引っかかっていた。

危惧した通り、暁雲は「その手」を使って桂昌院様に遠回りの意趣返しを始めた。

「馬のもの言う」という流説のせいで、牢に入った時も、真の理由は違うところにあった。

暁雲は、お初さんを身請けさせた時と似たような手を使って、桂昌院様の甥御に遊女を身請けさせてしまったのだ。それが、公方様母子を怒らせた。

放免後、桂昌院様から暁雲に東本願寺へ贈る屏風を描くようにとの、命が下った。

桂昌院様の心中は分からない。周りは、大層有難い話だと暁雲を褒めそやした。

暁雲は何も言わず、ただ静かに屏風を描いた。

私には分かっていた。友にとって、桂昌院様の指図に従うことは、どれほど悔しかったか。それでも黙って描いたのは、暁雲が絵師だからだ。桂昌院様に「描けない」と思われる方が、なお悔しかったのだ。

その憂さを晴らすように、暁雲は同じ手に出た。

再び、桂昌院様の縁者に、遊女を身請けさせたのだ。

暁雲、三宅島へ流罪。「遊女の神隠し騒動」から七年後(のち)の出来事だった。

今度の表向きの咎は、「釣り」だ。

殆ど泣きそうになりながら、流される暁雲を見送りに行った其角に、暁雲はからりとした笑顔と唇の動きで、こう伝えてきた。

『桂昌院に地団太(じだんだ)を踏ませることで、かの女の仇(あだ)がほんの少しでも討てたのだ。三宅島流罪はその代金と思えば、釣りがくるというものさ』

それから私は、まるで身体半分が、がらんどうになったような心地で生き続けた。

ある夏、暁雲から文代わりの句が届いた。

〈初松魚(はつがつお)からしがなくて涙かな〉

三宅島は海の恵み豊かだ。初松魚も江戸と違って気軽に口にできる。けれど、鄙(ひな)の地だけに、松魚には欠かせない芥子(からし)がない。江戸が恋しくて泣けてくる。

それ程の意味の句である。

私は、少し迷った。

暁雲は本当に江戸が恋しくて、泣いているのだろうか。涙もろい友だ、確かにあり得る。

けれど、江戸を離れる時の暁雲は、大層晴れやかな顔をしていた。もしかしたら、これは友ならではの悪戯、遊びなのかもしれない。

本当に泣いているのか、それとも洒落てみただけか。私を悩ませようという、遊びだ。

そこで、私も文代わりに句を返した。

〈其からしきいて涙の松魚かな〉

これなら、どちらにも取れるだろう。

私が暁雲の里心にもらい泣きをしている、とも。投げかけられた芥子――洒落を、同じ洒落で返してきた、とも。

暁雲もきっと悩むはずだ。私が泣いているのか、くすりと笑ったのか。

私と友の間でだけ分かる、騙し合いめいた遣り取りだ。

こんな風に折に触れて、がらんどうを忘れる刹那はあった。

けれど、やはりがらんどうはがらんどうのままで。

そのがらんどうを、私はひたすら酒で埋めた。相変わらず酔えはしなかったが、酔った振りは暁雲のいない今、私のたったひとつ残された「遊び」になっていた。

さすがに、酒が過ぎたのだろうか。

もう、先は長くないような気がしている。

身体が言うことを聞かず、毎夜、掛け軸の不動明王と屏風の子犬が戯れる幻を見るようになった。

だから、頭と身体が利くうちに、文を遺しておこうと思う。

私がこの世とおさらばした後に、三宅島へ届くようにしておくよ。


惚れた女に言うような文句でこそばゆいが、暁雲が友でいてくれたおかげで、私の一生は良いものだった。ただ、狂雲堂、狂雷堂の二人で「遊女の神隠し」騒動のからくりに挑んだ、あんな面白いことを二度とやれないのが、心残りだ。私はあの頃が、一番楽しかったのだよ、暁雲。

あの世には、二人して頭を捻り、勘を働かせるような面白い騒動は、あるのだろうか。あればよいが、なければ、庭に花海棠と野いばらを植えた庵で下界を眺めながら、共に酒を酌み交わそう。

急ぐことはない。お前が山ほど画を描き、人から鬱陶しがられるほど長生きをして、大往生でくたばるまで、私はのんびり待っているから。

その時を、楽しみにしているよ。暁雲。

結び　英一蝶

其角が四十七でこの世を去って二年、暁雲は罪を許され、江戸へ戻ることになった。

公方様、綱吉公薨去で、大赦が行われたのだ。

けれど、大して嬉しくない。

三宅島は鄙びている分、妙な横槍に煩わされることなく、画が描ける。

江戸で誰よりも会いたい友は、もうこの世にいない。

すっかり馴染んだ住まいから外へ出ると、潮の匂いが一層濃く鼻を突いた。

このままここで、ゆるりと暮らす。そういう訳にもいかんのだろうな。もうすぐ、江戸行きの船が出るというのに、我ながら往生際が悪いか。

溜息混じりにそんなことを考えた時、目の前を、小さな青い影がひらひらと過った。

影は、すぐ側の枯草に止まった。

「おや、蝶か」

紫がかった青い光を放つ、小さいが酷く美しい、ルリシジミという蝶だ。

蝶は、こちらを誘（いざな）うように、青く光る羽をゆっくりとはばたかせている。

あの、涼やかだった友のようだ。

ひとりでに、顔が綻んだ。

「そうか、其角。俺が江戸へ戻るのを面倒がると見越して、わざわざ迎えに来てくれたか」

蝶が、飛び立った。

向かったのは海、江戸の方角だ。

「其角が迎えに来てくれたのなら、帰らねばなるまい。たんと画を描き、周りから文句を言われるほど長生きせねばな。あの世でお前さんと旨い酒を呑むために」

手を、懐にそっと当ててみる。かさりと、乾いた肌触りが、布地を通して胸と指に伝わった。

幾度も読み返し、草臥（くたび）れてしまった友の、最後の文だ。

ふと面白いことを思いつき、先へ行った蝶を追いながら、話し掛けてみた。

「そうだ、江戸へ戻ったら名を変えるとしよう。英一蝶（はなぶさいっちょう）という名はどうだ。其角が惚れていた太夫の『花房』に、お前さんが化身した『蝶』だ。『一』か。『一』は俺だ。間に入って太夫と其角の邪魔をしてやろうという訳だ。楽しいと思わないか」

其角。お前が「一番楽しかった」と言った、あの頃を写し取った、名だよ。

解説

細谷正充
（文芸評論家）

御神酒徳利という言葉がある。神酒を入れて神前に供える一対の徳利を意味し、そこから転じて、同一の姿をしたふたりや、いつも一緒にいる仲のよいふたりを指す。田牧大和が、二〇一五年三月に光文社から刊行した書き下ろし時代小説『酔ひもせず 其角と一蝶』で主人公を務める、俳諧師の宝井其角と、絵師の多賀朝湖（後の英一蝶）は、まさにこの御神酒徳利なのである。

松尾芭蕉随一の弟子であり、一門の要として弟子たちを纏めている其角。しかし芭蕉の句の気風から外れている彼は、一門の中で浮いていた。そんな其角が親しくしているのが、多賀朝湖である。評判のいい絵師である朝湖は、「暁雲」の俳号を持つ俳人であり、また「狂雲堂」の名前で知られる幇間——太鼓持ちであった。豪放磊落な性格で、理屈ではなく情で動く朝湖に魅了された其角。其角が「狂雷堂」という号を持っていることを面白がり、吉原の幇間仕事に連れて行く朝湖。いつしか御神酒徳利になったふたりは〝「面白き話」を探し、その不思議を遊び半分で解き明かす〟など、楽しい時間を共有していた。

そんなある日、ふたりは幇間の仕事で、吉原の『大黒屋』に赴き、廓の仕来りを知らぬ商人を巧みに宥めた。これが縁になり、紅葉太夫から部屋に呼ばれる。行ってみると紅葉太夫だけでなく、花房太夫もいた。不仲といわれるふたりだが、それは店の戦略。本当は気心の知れた関係だ。そして其角と朝湖は、花房太夫から、相談を受ける。所持している屏風に描かれた犬が動き、これを見た遊女が行方不明になるという噂が立っていたのだ。噂はすでに其角も仕入れていたが、実際に太夫格子の初音と千里、花房太夫付きの新造・みゆきの三人が消えたという。しかも『大黒屋』内では、『動く屏風の犬』を見た遊女は、足抜けできるという話になっていた。ふたりの太夫から、『動く屏風の犬』の謎と、三人の遊女の行方を捜してほしいと頼まれた其角と朝湖は、さっそく動き出す。

屏風の絵を手掛かりに、描き手を突き止めたふたり。そこで絵の最初の依頼者が、徳川五代将軍綱吉の生母の桂昌院であることを聞いた。其角は詳しいことを知らないが、朝湖は桂昌院に憎しみを抱いているようだ。さらに桂昌院から突き返された絵を購入した商家の主人の吾妻屋善右衛門を訪ねると、いろいろな事実が判明。そもそも善右衛門が屏風をあげたのは初音であり、落籍して女房にするつもりだった。しかし浮気を疑われ、『大黒屋』に出入りできなくなっていたのだ。ようやく捜査が進展したと思いきや、そこに千里が死んだという報せが飛び込んでくる。下槙町の楓川で発見された千里は絞殺されていたが、その顔はなぜか笑みを浮かべていた……。

　ここから事態はさらに紛糾し、事件は思いもかけぬ方向に行くのだが、粗筋は、これくらいにしておこう。本書は大きく分けて、ふたつの要素がある。ミステリーと相棒だ。まず、ミステリーの部分から見てみたい。

『動く屏風の犬』の謎と、三人の遊女の神隠し。そして殺人事件。読者の興味を惹く発端から、どんどん事件はエスカレートしていく。理論派の其角と、直観型の朝湖という違いはあるが、どちらも名探偵の資質あり。地道な捜査の果てにたどり着く真相は、予想以上の広がりを持つ、実に意外なものであった。さらに千里殺しの犯人が明らかになると、前半のちょっとした描写や言葉が、伏線だったことが分かる。デビュー作『花合せ　濱次お役者双六』からミステリー・テイストが濃厚であり、『身をつくし　清四郎よろず屋始末』『とうざい』『鯖猫長屋ふしぎ草紙』『まっさら　駆け出し目明し人情始末』等の時代ミステリーを執筆している作者である。ミステリー・マインドは十分に持っているのだ。その力が本書で、遺憾なく発揮されているのである。

しかも名探偵役が、宝井其角と英一蝶だ。歴史上の実在人物を探偵役にした作品というと、古くはシオドー・マシスン（シオドア・マシスン）の『名探偵群像』『悪魔とベン・フランクリン』や、久生十蘭の『平賀源内捕物帳』などがあり、現在でも多くの作品が生まれている。だから、その点に驚きはない。それでも其角と一蝶に交誼があったという史実をベースにして、ふたりを名探偵コンビに仕立てたところに、本書の独創性があった。実在人物を自由に動かし、読みごたえのある時代ミステリーとした、作者の手腕が素晴らしいのである。

また、朝湖と桂昌院の因縁が、その後の朝湖の人生へと繋がっていく、ストーリーも巧みである。さらにそれが、朝湖が英一蝶へと名を変える、美しくも切ないラストへと結実する。物語全体が、実に緻密に構築されているのだ。

ところでミステリーと其角というと、ある作品を思い出さないだろうか。そう、横溝正史の『獄門島』である。戦争から復員した名探偵・金田一耕助が、瀬戸内海に浮かぶ獄門島で起きた三姉妹連続殺人の謎を解く、日本ミステリー史に輝く傑作だ。本書に関連して注目すべきは、三姉妹連続殺人が、芭蕉と其角の句に準えた見立て殺人になっていること。そして其角の句は、「鶯の 身をさかさまに 初音かな」が使われているのである。本書に初音という遊女が登場するのは、これを意識してのことではないか。

さらにいえば、芭蕉の句の方も意識しているようだ。「一つ家に遊女も寝たり萩と月」は、いうまでもなく遊女繋がり。「むざんやな冑の下のきりぎりす」は、きりぎりすの意味するところが、本書に出てくる蝶を想起させる。——というのは私の妄想に過ぎないが、そんなことを考えてみるのも、小説を読む楽しみなのである。

閑話休題。本書のもうひとつの要素が相棒だ。昔から物語の世界では、男同士（もしくは女同士）がコンビを組んで活躍する〝相棒物〟と呼ばれる作品がある。本書も、その系譜に連なるものといっていい。

そもそも作者は、トリオ物を得意としている。若き日の、遠山金四郎・鳥居耀蔵・水野忠邦がクロスする『三悪人』『春疾風　続・三悪人』。美男子の似非陰陽師・雨堂と、その弟子のおこと、雨堂と腐れ縁の天才狂言作者の甲悦が活躍する『陰陽師　阿部雨堂』。蕎麦屋の兄弟と、彼らの幼馴染の奉行所役人が事件に挑む『錠前破り、銀太』『錠前破り、銀太　紅蜆』といった、数々の作品があるのだ。本書も後半になると、奉行所の例繰方与力・田沢が加わり、ちょっとトリオ物風になる。

でも、やはり田沢は脇役。メインは其角と朝湖の相棒ぶりだ。芭蕉一門のために尽くしながら、どうにも居心地の悪い其角。そんな彼を、朝湖はよく理解している。野いばらを見て、「其角らしい花だ」「見た目は清楚だが、匂いが艶っぽいじゃないか。其角が好む花だよ」と、その精神の在り方を的確に指摘するのだ。気心の知れた相手とつるんで遊ぶほど、楽しいことはない。其角にとって朝湖は、かけがえのない存在なのである。

一方、朝湖にとっての其角も、かけがえのない存在だ。たとえば其角が朝湖の幇間としての手際を褒めたシーン。

> むすっとしているのは、褒められて照れているのだ。暁雲は他の者に、こんな顔を見せない。其角がふいに褒め、それが運よく暁雲の虚を突けた時に、照れ屋の顔を覗かせる。

と、書かれているではないか。照れ屋の顔を覗かせるほど、朝湖は其角に心を許している。生涯の友など、言うは易く、得るは難しだ。その友を得て、共に濃密な時間を過ごす。読んでいて、其角と朝湖が羨ましくて堪らない。単行本の帯で、畠中恵が「ぐっとくる男達の話です」という推薦文を寄せているが、完全に同意である。其角と朝湖が、互いの魅力を引き立て合うからこそ、本書はとてつもなく面白いのだ。

本書で其角と一蝶の物語は完結している。だが、作中での言及を見ると、ふたりのかかわった事件は、まだまだたくさんありそうだ。ああ、どんな事件があったのか、知りたいと思う読者も多いだろう。その渇を癒してくれるのが、二〇一六年四月に刊行された、『彩(いろ)は匂へど 其角と一蝶』である。ふたりが御神酒徳利になるまでを綴った前日譚(ぜんじつたん)にして、優れた時代ミステリーだ。再び、其角と一蝶の世界に酔えるとは、これほど嬉しいことはない。

○単行本
二〇一五年三月　光文社刊

【主要参考文献】

(1)『日本美術絵画全集　第16巻　守景／一蝶』集英社
(2)『週刊アーティストジャパン32　英一蝶』ディアゴスティーニ・ジャパン
(3)『日本の作家52　元禄の奇才　宝井其角』田中善信、新典社
(4)『其角俳句と江戸の春』半藤一利、平凡社
(5)『新日本古典文学大系　けいせい色三味線／けいせい伝受紙子／世間娘気質』
長谷川強：校注、岩波書店
(6)『絵でよむ江戸のくらし風俗大事典』棚橋正博・村田裕司：編著、柏書房
(7)『お江戸吉原ものしり帖』北村鮭彦、新潮社
(8)『図説　江戸町奉行所事典』笹間良彦、柏書房

光文社文庫

酔ひもせず　其角と一蝶

著者　田牧大和

2017年11月20日　初版1刷発行

発行者　鈴木広和
印刷　萩原印刷
製本　ナショナル製本

発行所　株式会社　光文社
〒112-8011　東京都文京区音羽1-16-6
電話（03）5395-8149　編集部
8116　書籍販売部
8125　業務部

ISBN978-4-334-77566-7　Printed in Japan

組版　萩原印刷